Gregor und Charlotte

Der ganz alltägliche

Irrsinn

im 21. Jahrhundert

Petra Keup

Bibliografische Information der Deutschen Nationalbibliothek: Die Deutsche Nationalbibliothek verzeichnet diese Publikation in der Deutschen Nationalbibliografie; detaillierte bibliografische Daten sind im Internet über http://dnb.dnb.de abrufbar.

Herstellung und Verlag: BoD – Books on Demand, Norderstedt

ISBN: 9783751982955

Inhaltsverzeichnis

Mein Freund der Baum

Es gibt ja durchaus verschiedene Sitten und Gebräuche mit seinem Weihnachtsbaum umzugehen. Manche fällen ihn höchstpersönlich und hängen nur selbst gebastelten Schmuck daran auf. Andere kaufen sich einen, immer grünen, mehr oder weniger geschmackvoll geschmückten, dafür aber jedes Jahr wieder verwendbaren, aus Vollplastik. Charlotte bevorzugt aus gutem Grund die kleine Zuckerhutfichte im Topf. Weihnachten kommt sie geschmückt in die gute Stube, ansonsten lebt sie auf dem Balkon. Gut, ein bisschen klein ist sie zwar, doch das grade erspart Charlotte das jährliche Möbelrücken zu Weihnachten. Und, was noch viel wichtiger ist, diese kleine Zuckerhutfichte rettet sie vor den ganz entscheidenden Fragen nach Weihnachten. Wie entsorgt man seinen Weihnachtsbaum? Darf man in Deutschland einen Weihnachtsbaum aus dem Fenster werfen? Bis zu welchem Stockwerk darf man ihn runter werfen? Muss er zerlegt in die Biotonne gestopft werden oder holt ihn die Müllabfuhr als Ganzes ab? Und wie lange darf er gegebenenfalls an der Straße stehen?

Da Charlotte, mit ihrer Zuckerhutfichte im Topf, all diese Fragen und Probleme erspart bleiben, hat sie jedes Jahr ein schönes Fest und kann sich danach ganz entspannt auf Ostern freuen. Ganz anders ist das bei Gregor.

Gregor und Charlotte wohnen Wand an Wand, doch beide mit eigenem Eingang. Eben ein modernes Paar. Trotz ihrer Beziehung ist Charlotte froh, nicht mit ihm in einer Wohnung leben zu müssen. Gregor lebt in sehr hohen Sphären als Dichter und Denker und die Notwendigkeiten des Alltags sind einfach nicht sein Ding. Doch jedes Jahr zu Weihnachten bekommt er plötzlich das große Bedürfnis, sich mit den ganz handfesten, irdischen Dingen abzuplagen. Nicht weil er muss, sondern weil er will.

An Heiligabend, in allerletzter Minute, geht er noch los und kauft sich einen Weihnachtsbaum. Wenn alle im Haus ihre Bäume bereits in der Wohnung haben und alle auch schon die beim Transport herabgefallenen Nadeln im Treppenhaus zusammengekehrt haben, kommt Gregor, dieser große dünne Mann, mit seinem großen dicken Weihnachtsbaum und klingelt bei Charlotte.

Sie öffnet und vor ihr steht ein fast drei Meter hohes Ungetüm, mit weit ausladenden Ästen. „Hallo Gregor, nun kann es wohl Weihnachten werden!"

„Na, wie findest du ihn? Ist er nicht schön? Sag mal, hast Du vielleicht einen Hammer und eine Säge für mich? Ich glaube, ich

bekomme ihn sonst nicht in den Ständer."
Gregor ist hinter dem Baum kaum
zusehen. Charlotte holt ihm das Werkzeug
aus ihrer Werkzeugkiste und reicht es ihm
durch piekendes Nadelwerk hindurch.

Während sie noch fünf edle Tannennadeln
aus ihrer Hand zieht, hört sie Gregor
sagen: „Komm doch nachher noch auf ein
Glas Wein rüber."

„Gut, bis später dann!"

Gregor verschwindet mit seinem Baum in
seiner Wohnung. Charlotte kehrt noch
schnell die Nadeln vor ihrer Tür zusammen
und wirft einen zufriedenen Blick auf ihre
Zuckerfichte.

Philosophen und Dichter sind nun mal so,
denkt sie und schon hört sie durch die
Wand zur Nachbarwohnung lautes
Fluchen, Hämmern und Sägen. Früher ist
sie irgendwann rüber gegangen und hat
mit angepackt, doch das Ende vom Lied

war jedes Mal ein heftiger Streit darüber, wie man einen Weihnachtsbaum aufzustellen hat. Theorie und Praxis liegen hier eben weit auseinander.

Kurz vor Mitternacht klingelt Charlotte bei Gregor. Voller Stolz zeigt er ihr seinen Weihnachtsbaum, der nun mitten im Zimmer seinen Platz gefunden hat und macht eine Flasche Wein auf. Charlotte hört sich gelassen an, wie er mit ihm den ganzen Abend gekämpft und wie er auch dieses Jahr den Kampf mit dem Baum bestanden hat. Sie genießen den Wein und dann liest Gregor ihr, mit einem Strahlen in den Augen, seine Gedichte vor. Charlotte ist nur glücklich, Gregor ist erschöpft und glücklich und so verbringen sie die Weihnachtsnacht zusammen.

Wie immer, geht auch das schönste Fest zu Ende. Zu den heiligen drei Königen, stellt Charlotte ihre Zuckerhutfichte wieder auf den Balkon zurück und freut sich, dass sie keine Nadeln zusammenkehren und keine Möbel zurechtrücken muss. Klein aber fein, denkt sie, ist doch die beste Lösung zu Weihnachten.

Wie jedes Jahr, backt sie auch in diesem Jahr einen Dreikönigskuchen und am Nachmittag nimmt sie ihn mit rüber zu Gregor. Sein Baum steht noch in voller Pracht da, auch wenn sich auf dem Bettlaken darunter schon bedenklich viele Nadeln versammelt haben. Er zündet die Kerzen an und sie essen den Königs-kuchen. Dabei diskutieren sie über die Weisheit im fernen Osten, und verbringen so einen interessanten Nachmittag miteinander.

„In zwei Wochen habe ich Geburtstag und ich möchte Dich zum Essen einladen", sagt Gregor zu Charlotte, als sie wieder rüber gehen will. „Ich habe mir überlegt, dass ich dieses Jahr für meine Freunde etwas kochen möchte."

Dankend nimmt sie seine Einladung an, obwohl sie genau weiß, dass Gregors Kochkünste durchaus abenteuerlich sein können. Doch solange er ihnen keine philosophischen Essays vorsetzt oder ähnlich schwere Kost auftischt, wird sie sich auf seine Kochkunst auch dieses Jahr einlassen.

Der zwanzigste Januar rückt schnell heran und Charlotte ist ganz gespannt auf Gregors Geburtstagsfeier. Mit einem dicken Strauß seiner Lieblingsblumen und einem Buch mit dem Titel ‚Lichtnahrung‘ klingelte sie bei ihm.

„Alles Gute zum Geburtstag, mein Liebster.“

Sie nimmt ihn in die Arme und drückt ihm einen dicken Kuss auf die Wange. Gregor ist sehr angetan von dem Buch. Seine Philosophenseele ist von diesem Titel ganz entzückt, denn wie heißt es so schön: Der

Mensch lebt nicht vom Brot allein, was zahlreiche, höchstbedenkliche Fragen aufwirft.

Charlotte folgt ihm in sein Wohnzimmer, wo er Buch und Blumen auf ein Tischchen unter den – kaum zu glauben – Weihnachtsbaum legt. Dieses nadelnde Etwas steht immer noch mitten im Raum und so fragt sie Gregor, ob er jetzt das ganze Jahr mit seinem Weihnachtsbaum zusammenleben will, um sich beim nächsten Fest das Fluchen, Hämmern und Sägen zu ersparen. Wenn bis dahin alle Nadeln runter sind, könnte er ihn stattdessen mit grünen Schleifen schmücken.

Damit handelt sie sich erst einmal einen geringschätzigen Blick und eine Belehrung ein: „Ja sag mal, weißt du denn überhaupt nicht, dass man den Weihnachtsbaum immer bis Maria Lichtmess stehen lässt?"

Verlegen gleitet ihr Blick über den Baum und das Tuch mit den Nadeln darunter. Mittendrin das Tischchen mit den Geburtstagsgeschenken. Sie schweigt jetzt wohl besser.

Tatsächlich, an Maria Lichtmess hört Charlotte ein Rumoren auf dem Nachbarbalkon. Gregor wirft seinen Weihnachtsbaum raus. Abgeschmückt und tatsächlich noch mit ein paar grünen Zweigen versehen, belegt dieser nun seinen ganzen Balkon. Und da liegt er und liegt er und liegt er, bis …

Die Woche vor Ostern ist dieses Jahr erstaunlich warm. Auf Charlottes Balkon blühen die Blumen und am Karsamstag sitzt sie am späten Vormittag mit Gregor bei einem Frühstück in der Sonne und sie genießen die 22 Grad im Schatten.

„Ich sehe es ja ein, es wird Zeit", Gregors Blick erfasst den toten Baum drüben auf seinem Balkon. Gesagt, getan! Er springt auf und geht rüber, um auf seinem Balkon Ordnung zu schaffen. Schließlich ist morgen Ostern.

Charlotte ruft zu ihm rüber: „Was willst du denn jetzt damit machen? Wenn wir in Norddeutschland leben würden, könntest du ihn heute Abend mit zum Osterfeuer nehmen."

Doch eine Feuerbestattung kommt für Gregors Weihnachtsbaum überhaupt nicht in Frage, denn er hat schon einen würdigen Platz im Wald für ihn auserwählt. Charlottes spießige Bemerkung, dass er sich ja nicht erwischen lassen soll, weil das Entsorgen eines Weihnachtsbaumes im Frühlingswald, in deutschen Landen, sicher eine Ordnungswidrigkeit, wenn nicht gar eine Straftat wäre, ignorierte er gekonnt.

Ihn vom Balkon zu werfen traut er sich dann aber doch nicht. So nimmt er ihn huckepack, in der Hoffnung, dass er nicht mehr nadeln wird und trägt ihn durch das ganze Treppenhaus. Die Nachbarin von unten, die grade ihre Post aus dem Briefkasten holt, staunt nicht schlecht. Gregor fühlt sich nun doch zu einer kleinen Rechtfertigung genötigt: „Ja, wissen Sie, mein Freund hat sich einen Kaminofen bauen lassen und braucht Holz."

Sodann verstaut Gregor das Gerippe mühsam in seinem Auto. Auch wenn es hinten zur Hälfte rausschaut, fährt er erst einmal zum Ostereinkauf. Bei der Hauptpost sucht er sich einen Parkplatz und zieht sogleich die Aufmerksamkeit der Passanten auf sich. Was wollen die nur alle? So langsam beschleicht Gregor doch das Gefühl, etwas Verbotenes zu tun. Innerlich sucht er nach Ausflüchten, denn schließlich transportiert er doch keine Leiche im Kofferraum, sondern nur einen toten Weihnachtsbaum.

Eine Frau, die neben Gregor ihre schweren Einkäufe ins Auto lädt, kann sich eine Bemerkung dann doch nicht verkneifen. „Na, haben Sie sich im Fest vertan? Kann ja mal vorkommen!" Mitleidig schenkt sie ihm einen Schokoosterhasen mit den Worten: „Hier, ein Weihnachtshase für Sie!"

Ein wenig verwirrt, verstaut Gregor seine Ostereinkäufe unter den mageren Zweigen seines Weihnachtsbaumes und fährt schließlich in den Wald. Als er die kleine Serpentinenstraße bergauf fährt, ist er doch etwas beunruhigt und hofft inständig, dass nicht doch eine Polizeistreife ganz zufällig diesen Weg nehmen wird. Endlich findet er die Stelle, die er für seinen Weihnachtsbaum als letzte Ruhestätte auserkoren hat.

Er hält an, betrachtet berauscht und beglückt das aus allen Baumkronen hervorsprießende Grün. Sieht, wie die Sonne mit ihren Strahlen, durch dieses bewegte Dach wunderbare Lichtmuster auf dem Waldboden erschafft. Die Düfte von Waldboden, Bärlauch und Waldmeister steigen abwechselnd in seine Nase. Dieses, findet er, ist ein würdiger Ruheplatz für seinen Baum, der mit seinem Duft einmal den ganzen Raum erfüllt und dessen Licht seine Dichterseele in dunkler, kalter Nacht gewärmt hatte. In hohem Bogen wirft Gregor ihn die Böschung hinunter und im Unterholz am Abhang findet er so seine letzte Ruhestätte.

Ostermorgens klopft es an Charlottes Tür. Sie macht auf und vor ihrer Tür liegen noch ein paar Tannennadeln. Gregor steht da und reicht ihr seine Gedichte von Tod und Auferstehung im Frühlingswald, die er in der Nacht noch geschrieben hatte.

„Machst du einen Osterspaziergang mit

mir?", fragt er.

„Gut Gregor, dann lass uns zur Osterquelle gehen und Wasser für meine Zuckerhutfichte holen."

Früher oder später
kriegen wir euch

Und wir fahr'n, fahr'n, fahr'n auf der Autobahn…

Es ist Ferienzeit und so gesellen sich, wie jedes Jahr, auch Gregor und Charlotte zu all den Reiselustigen auf den Autobahnen, wo auf dem Weg zu ihrem Feriendomizil an der Nordsee, so manche Herausforderung ihren Weg kreuzt.

Wenn Gregor fährt, dann ist Stress vorprogrammiert, denn immer wieder bedrohen ihn die Drängler auf der Überholspur. Er bekommt jedes Mal fast einen Herzkasper, wenn wieder die BMWODERSONSTWIE-Fahrer, die ja, laut zweideutiger Werbetafeln am Straßenrand, so sexy und so cool sind, den linken Blinker im Dauerbetrieb, erst zwei Zentimeter vor seiner Stoßstange auf die Bremsen gehen. Man könnte annehmen, dass man bei diesen Autos einen Aufpreis dafür zahlen muss, um diese besondere Blinker Funktion überhaupt ausschalten zu können.

Diese Fahrer sind für Gregor die Plage der Menschheit schlechthin. Für Charlotte sind diese Raser nur insofern eine Plage, weil ihr liebster Gregor ihr während der Fahrt unermüdlich Vorträge hält, wie gefährlich dieses rücksichtslose Verhalten ist und mittlerweile kennt sie sogar alle Details über den Zusammenhang von Rasern und dem Schmelzen des grönländischen Eises.

Auf Dauer ist das für Charlotte allerdings nicht mehr auszuhalten, denn Gregor tut dann immer so, als wäre sie so ein Raser und hält ihr die Standpauken. So überlegt sie, ob sie in Zukunft nicht immer vor der Urlaubsfahrt in den sozialen Medien einen Text dazu veröffentlichen sollte.

Etwa so: „Liebe Raser, damit ich und auch

die Beziehung von Gregor und mir, die Fahrt in die Ferien überstehen können, muss ich mich mit einem Appell an euch wenden, denn mit Gregor ist in diesem Punkt einfach nicht zu reden. Also, bitte fahrt meinem Gregor nicht zu dicht drauf. Am besten haltet ihr den gesetzlich vorgeschriebenen Mindestabstand genau ein. Wenn ihr das nicht wollt, bleibt mir nämlich nichts anderes übrig, als Gregor das Steuer aus der Hand zu nehmen und damit wäret ihr sicher nicht einverstanden. Ich bin bei solchen Herausforderungen nämlich sehr viel cooler als mein lieber Gregor. Sobald mir jemand zu nah kommt, gehe ich vom Gas runter und manchmal sogar auf die Bremse. Ganz langsam natürlich. Wenn ich immer langsamer werde, werdet ihr es auch. Es ist mir dann tatsächlich eine Freude einen Lastwagen mit 85 km/h zu überholen und mir im Rückspiegel eure dummen Gesichter anzusehen. So dackelt ihr dann potenzprotzend hinter mir her, und der Blinker blinkt dazu und eure Lichthupe kreischt Alarm! Dann liebe Raser, habt ihr den Ehekrach in eurer Karre, sofern ihr überhaupt eine Frau habt, die damit zufrieden ist, dass sich eure Potenz in erster Linie unter der Motorhaube auslebt. Ich werde derweil ganz sinnig auf die rechte Spur wechseln, aber natürlich erst dann, wenn ich den Lastwagen im Rückspiegel sehe und bin fein raus. Es ist dann euer Blutdruck, der ins Unermessliche steigt und der Herzinfarkt ist ebenfalls eurer und nicht Gregors. Damit wir aber alle entspannt an unseren Reisezielen ankommen können, habe ich, in der Hoffnung, dass ihr lesen könnt, beschlossen, Gregor einen besonderen Aufkleber für sein Auto zu schenken. Darauf könnt ihr dann lesen: Wer mir zu nah kommt, den lässt Charlotte auflaufen! Ein Herzchen gibt es übrigens gratis dazu."

Doch auf so einer Urlaubsfahrt über die Autobahn gibt es noch weitere Abenteuer. Wie heißt es in einer uralten und doch Top aktuellen Werbung: „Früher oder später kriegen wir euch." Und wie wahr dieser Spruch ist, zeigt sich auf unseren Autobahnen, denn ob Sie will oder nicht, früher oder später muss Jede mal. Man spricht bereits von der Klo-Mafia auf deutschen Fernstraßen, die sich die geeigneten Plätze untereinander aufteilt.

Soll noch mal einer sagen, wir hätten die Wahl. Gregor und seine Artgenossen vielleicht aber Charlotte und Co mal wieder nicht. Fast ist so etwas diskriminierend. Die, die immer noch weniger verdienen als die andere Hälfte der Menschheit, müssen mal wieder das meiste zahlen.

Was wird denn unterwegs so angeboten? Der erste Mafiaklan könnte Krabbelflair heißen. Service: Parkplatz mit Buschwerk.

Das nötige Papier aus der Klorollenbarbie von der Hutablage des eigenen Gefährts oder das Papiertaschentuch aus der Hosentasche und ggf. ein Regenschirm sind mitzubringen.

Besonderer Service: Zickzacklauf durch die Haufen der Mitmüsser*innen und kostenlose Krabbelmassage von: Ameisen – harmlos, Zecken – gefährlich, Wespen – schmerzhaft und die Mückenstiche jucken dazu. Also, nur etwas für die, die sowieso gerade auf Abenteuerurlaub ist.

Alle anderen Damen fahren weiter zum Parkplatz mit Häuschen. Nennen wir diese Variante am Straßenrand mal „Sauifix". Ein besonderer Geruchstypus zeichnet diese Stätten aus. Hinsetzen? Da bleibt bestimmt ganz schön was haften. Allerdings darf man seine Klorollenbarbie im Auto lassen. Papierservice gibt es gratis dazu und ein Wasseranschluss ist auch vorhanden. Trotzdem und selbst bei gutem Willen, nicht unbedingt Frau's Sache, und so kehrt Charlotte dann doch ein bei SaniundFairundKohleher.

Selbstverständlich arbeitet die Firma SaniundFairundKohleher mit eigener Marketingabteilung und Werbeetat. Hochrangige Klo-Manager und Klo-Werbestrategen haben das besondere Leistungsprofil für ihre Kunden und Kundinnen herausgearbeitet. Dieses wird dann, in ansprechendem Design, an der Wand vor dem Drehkreuz drapiert.

Unter all den hervorragenden Serviceleistungen hat Charlotte eine ganz besonders fasziniert. Da wirbt man doch tatsächlich um Klokunden und Klokundinnen mit dem freundlichen und hilfsbereiten Servicepersonal. Was da an Hilfe so alles möglich ist, mag Charlotte sich gar nicht vorstellen. Bei bestimmten Geschäftsabschlüssen ist Charlotte nun mal eher konservativ eingestellt. Da gehen ihr solche innovativen Angebote doch ein wenig zu weit, denn es gibt Geschäfte, die sie lieber allein tätigen möchte, auch wenn diese auf der Auto-bahn mittlerweile echt teuer geworden sind. Jedoch die Klo-Werbestrategen sind nun mal davon überzeugt:

Früher oder später kriegen wir euch!

Da bist du echt machtlos!

Gradwanderungen

„Charlotte! Aufwachen! Frühstück ist fertig!"

Gregor stellt Charlotte eine Tasse grünen Tee auf das Tischchen neben ihrem Bett und ist im Begriff sie zu küssen, als die Eieruhr ihn unverzüglich in die Küche ihrer Ferienwohnung zurückruft.

Es ist gnadenlose sieben Uhr. Gregor und Charlotte hatten sich vorgenommen, an diesem Sonntag einen Ausflug zu unternehmen. So bleibt Charlotte also nichts anderes übrig als alle Kräfte zu mobilisieren, die ihr abgebrochener Nachtschlaf für sie schon bereithält. So setzt sie sich zunächst einmal auf die Bettkante und nimmt einen Schluck Tee.

„Charlotte!" Gregor drängelt zum Früh-stück. „Immer schön positiv denken", sagt Charlotte zu sich, „sei nicht ungerecht, manch andere Frau wäre glücklich, einen

Mann zu haben, der ihr morgens Tee ans Bett bringt und ganz allein den Frühstückstisch deckt." Also schleicht sie sich rüber ins Esszimmer.

„Guten Morgen, liebe Charlotte!"

Gregor ist bestens gelaunt und auch Charlottes schläfrige Erwiderung, untermalt von einem Gähnen, kann ihn nicht bremsen.

„Hast du schon gehört, Osama bin Ladens Bart..."

„Bin im Laden... wer?" Gregor ist nun mal ein Frühaufsteher vor dem Herrn, da kann Charlotte einfach nicht mithalten. Nicht, dass sie ein Morgenmuffel wäre, aber am Sonntag, morgens um sieben, interessierten sie doch noch nicht die Bärte fremder Männer.

Gregor versteht das überhaupt nicht, denn erstens ist er ein Mann und zweitens gibt es für ihn nur zwei Zustände, entweder Mann ist wach oder Mann schläft. Das jemand sich am frühen Morgen auch so dazwischen befinden kann, käme ihm nie in den Sinn. Das macht ein gemeinsames Frühstück immer ein wenig schwierig.

Gregor textet Charlotte zu, wie der Nach-richtensprecher vom gestrigen Abend. Mysteriöse Wortfetzen dringen an ihr Ohr. „Osamas Bart, ratloser CIA, Bart von CIA anerkannt, was will uns der Terrorist damit sagen."

Tapfer köpft Charlotte das Ei. Gregor hat ja immer viel Kluges über das Leben und den alltäglichen Wahnsinn in dieser Welt zu sagen, doch um diese Tageszeit kann sie das noch nicht so recht würdigen. So schüttet sie die letzten Tropfen aus der Teekanne in ihre Tasse und hört Gregor sagen: „Ich werde mir morgen gleich einen Koran kaufen."

Da platzt Charlotte der Kragen.

„Bei allen Bärten der Propheten, was hat der Bart eines Osama mit dem Koran zu tun? Alle Welt rätselt ob der Bart echt, gefärbt oder nicht ist. Warum bestimmt dieser hässliche Kerl eigentlich komplett unser Leben? Osama hat gesagt…, Osama hat seinen Bart gefärbt und demnächst, Osama hat sich seine Fußnägel geschnitten. Die werden dann in aller Welt als Reliquie gehandelt. Die vom CIA nehmen sie als Angstreliquie und legitimieren so, jeden Rülpser dieser globalisierten Welt überwachen zu müssen und die Islammisten ehren damit ihre Selbstmordattentäter!?"

Gregor lässt erschrocken sein Messer sinken, „so war das doch gar nicht gemeint."

„Man, Gregor, es ist kurz nach sieben und Sonntag", beruhigt sich Charlotte wieder.

„Wir haben Urlaub und ich sitze hier doch einem, eigentlich ganz netten Kerl gegenüber und sehe, der Bart ist ab. Das ist gut so und ich finde, du solltest mich jetzt lieber küssen!"

Gregor lässt sich das nicht zweimal sagen und kommt vorübergehend zur Vernunft, so dass der Rest des gemeinsamen Frühstücks gerettet ist.

Charlotte kann Gregor auch nicht ernsthaft böse sein, denn immerhin befinden sie sich in einem ganz besonderen, extra für Gregors Zunft, ausgewiesenen Jahr. Unter solchen Umständen bleibt ihr gar keine andere Möglichkeit, als es irgendwie auszuhalten. Schließlich ist so etwas einmalig im Lande der Dichter und Denker. Das hat es vorher noch nicht gegeben und danach? Danach wird es das auch nie wieder geben.

Das Motto heißt also: Jetzt oder nie!

Gregor hat sich eindeutig für das „Jetzt" entschieden. Er will die 365 Tage als Philosoph, Dichter und Denker im Mittelpunkt stehen und so denkt und so schreibt er, was Kopf, Papier und Feder bzw. Tastatur hergeben. Sein Wissen, seine Weisheit soll für jeden sichtbar werden, denn ein Jahr lang würden die Scheinwerfer der Medien und die Blitze der Fotografen seine Wissenschaften des Geistes erleuchten.

Man stellt in aller Öffentlichkeit die Sinnfrage. Allerdings nicht nach dem Sinn des Lebens oder dem Sinn dessen, was in der Welt so vorgeht. Das wäre ja zu einfach, denn was ist denn der Sinn von Globalisierung? Kapitalisten aller Länder vereinigt euch zu grenzenloser Aus- beutung und grenzenlosen Gewinnen. Was ist denn der Sinn von internationalem Terrorismus, Selbstmordattentaten und Frauenversklavung der Islamisten? Da kaschiert die islamistische Männlichkeit doch nur ihre Kleinheit und Erbärmlichkeit. Angst vor der Selbständigkeit ihrer Frauen haben, aber für jeden Deppen zehn Jungfrauen im Paradies. Als ob himmlische Jungfrauen so dämlich wären. Die Jungs werden sich also noch schwer wundern, wenn sie es in der Hölle mit zehn Xanthippen für jeden zu tun kriegen. Und was ist der Sinn von Foltergefängnissen und weltweiten kriegerischen Überfällen des angeblich so zivilisierten und christlichen Amerikas? Wenn Geldgier und Paranoia sich verbinden, was soll da schon anderes bei rauskommen.

Nein, Gregor ist in Zeiten eines globalisierten Schreckenskapitalismus, mit viel fundamentaleren Fragen beschäftigt. Er stellt sich, auf Anraten seiner Wissenschaftsministerin, die Frage nach dem Sinn der Geisteswissenschaften. Die Geisteswissenschaftler sind nämlich ganz offiziell aufgerufen, den gesellschaftlichen Nutzen ihrer Arbeit endlich einmal für alle darzustellen.

Dafür werden Millionen zur Verfügung gestellt. Es ist zwar noch nicht klar, wer bekommt wie viel oder überhaupt etwas davon. Vielleicht sollten mal die Wissenschaften, die vor dem Aussterben stehen, mehr bekommen als die, die immer nur laut schreien. Aber vielleicht bekommen auch nur die etwas, deren gesellschaftlicher Nutzen sich als besonders groß herausstellt.

Für Charlotte jedoch, drängt sich die ganze Zeit eine alles entscheidende Frage auf. Wie stünde es um unsere Welt wohl, wenn die Dichter und Denker immer schon genau so viele Milliarden auf ihre Fachbereiche hätten verteilen können, wie die Naturwissenschaftler auf die Ihrigen? Müsste sie dann auch schon beim

Frühstück über falsche oder gefärbte Bärte von hässlichen, Männern reden?

Wie auch immer, es ist Sonntag, sie haben Urlaub und machen einen Ausflug an die Nordsee. Zunächst geht es, dem Klima zuliebe, mit dem Fahrrad durch die Marsch. Weites, grünes Land, wohin das Auge reicht. Kühe dösen wiederkäuend vor sich hin und geben der Landschaft ihre charakteristische Prägung.

Später wandern sie Hand in Hand den Deich entlang. So eine Gradwanderung zwischen den Elementen hat schon ihren besonderen Reiz. Die Schafe grasen friedlich, die Lämmer blöken freundlich, nur eine scharfe Brise fegt ihnen um die Ohren. Lange schlendern sie schweigend nebeneinanderher. Die Seevögel stellen sich mit geschickten Flugmanövern dem Wind entgegen.

Gregor brütet vor sich hin. „Charlotte", der

Wind trägt ihren Namen mit dem Geschrei der Möwen fort, „glaubst du, dass Eisbären und Geisteswissenschaftler in heutiger Zeit etwas gemeinsam haben?"

Gefahr witternd, schweift Charlottes Blick in die Ferne und wandert Halt suchend den Horizont entlang. „Nun, für die Geisteswissenschaftler gibt es das Jahr der Geisteswissenschaften und für die Eisbären Artenschutzprogramme", versucht sie es vorsichtig mit einer Antwort. „Aber vielleicht leben beide Gattungen in wenigen Jahrzehnten nur noch in Kunsteishöhlen im Zoo. Allerdings werden dort alle die kleinen Knuts sehen wollen und keiner die Philosophen."

„Kannst du nicht einmal ernst sein, Charlotte?" Gregor hat es heute nicht leicht mit ihr. In der Ferne taucht ein alter Leuchtturm auf. Als Wahrzeichen des Zoos am Meer ragt er standhaft in den Himmel. „Komm, lass uns lieber in den Zoo gehen und die tiefsinnigen Gespräche auf Morgen vertagen", versucht Charlotte abzulenken. „Schließlich haben wir bisher doch einen schönen Tag in trauter Zweisamkeit verbracht."

Sie mischen sich unter die Familien, deren Kinder ganz aufgeregt von einem Wasserbecken zum Nächsten wandern. In diesem Zoo sind nur Tiere versammelt, die unsere Meere bewohnen oder direkt von ihnen leben. Die Meere sind schon eine eigene Welt und so vermisst keiner der Besucher die Elefanten, Tiger oder Kamele. Stattdessen drücken sich alle an den Aquarien die Nasen platt.

Gregor hat nach kurzer Zeit die Eisbären entdeckt, die auf weiß angestrichenen, Eis suggerierenden Betonfelsen liegen und sich in der Hitze dieses Frühlingstages kaum rühren. Wie angewurzelt bleibt er stehen und Charlotte ist sofort klar, das ist erst einmal das Ende ihres gemeinsamen Ausflugs.

„Geh du doch ruhig schon mal weiter, ich beobachte noch ein wenig die Eisbären. Es sind so arme Tiere ohne Eis. Wenn ich nur daran denke, dass bald alle Eisbären so dahinvegetieren müssen, weil ihnen die Lebensgrundlage von uns einfach weggeschmolzen wird", hört sie Gregor sagen.

Charlotte ahnt Schlimmes, denn wenn Gregor sich in solche Themen verstrickt, ist er nicht mehr ansprechbar. Etwas wie, so schlimm wird es mit der Erwärmung schon nicht werden und es hat ja immer mal wieder Erwärmungsphasen in der Erdgeschichte gegeben, braucht sie gar nicht erst anzumerken. Auch, dass die so friedlich wiederkäuenden Kühe noch viel klimaschädlichere Gase produzieren, als ihr Auto und vor sich hin rülpsend die Umwelt belasten, ist zwar richtig bemerkt, aber in dieser Situation nicht besonders klug zu äußern. Solche Einwände würden nur in einer Katastrophe enden. Es steht ja wirklich nicht optimal um unsere eisigen Zonen, doch Gregors ausufernder, von den Medien geschürter, Pessimismus wird die Katastrophe sicher nicht aufhalten. Für so ein komplexes Thema sollte man, grade als Philosoph, schon ein paar natur-wissenschaftliche Kurse besucht haben, um erkennen zu können, auf welchen Weg uns das Klimaproblem denn wirklich hinweisen will.

So lässt Charlotte Gregor mit den Eisbären links liegen und wendet sich den Seehunden zu, die ganz problemlos ihre Bahnen durchs Wasser ziehen, wobei sie sich flugs die Heringe holen, die der Wärter ihnen zuwirft.

Allein sieht sie sich die Fütterung im Haifischbecken an, allein genießt sie im Zoo-Café eine große Portion Eis und hinterher einen heißen Kaffee zum wieder Aufwärmen. Allein macht sie Fotos von ihrem Ausflug in den Zoo am Meer.

Als sie zurück zu den Eisbären kommt, sitzt ihr geliebter Gregor auf einer Bank und starrt mit angespannter Stirn zu den weiß angestrichenen Betonfelsen rüber. Sie setzt sich neben ihn und legt ihren Kopf an seine Schulter. Versöhnlich ergreift er ihre Hand. „Ach, Charlotte, weißt du, dass ich als Philosoph eigentlich auch nichts anderes bin als ein Eisbär?"

Da muss man schon Philosoph sein, um noch mitzukommen. „Gregor, nun entspann dich aber mal! Oder soll ich dich ab jetzt etwa Knut nennen?

Die wollen doch nur spielen

Es klingelt Sturm. Laut vor sich hin schimpfend begehrt Gregor Einlass bei Charlotte. Er hält einen Brief und ein kleines schwarzes Kästchen in der Hand.

„Hey, Gregor, komm rein, was ist denn?" Charlotte merkt, wie ihr mütterlicher Instinkt sich regt, denn wenn Gregor so aussieht, wie gerade, ist klar, er hat ein Problem mit dem ganz alltäglichen Wahnsinn, in diesem unserem Lande, und braucht ihre Hilfe. In diesem unserem Lande… und dann noch das Versprechen von blühenden Landschaften, wer hatte uns das noch alles eingebrockt?

„Das sind Heuschrecken, Blut saugende Kapitalisten, die wollen mich wohl verar…!" Gregor reicht Charlotte einen Brief.

„Du bestellst im Internet-Versandhaus? Das ist aber eine gute Idee, dann kannst du endlich einmal ganz in Ruhe einkaufen und du ersparst dir den Rummel in der Fußgängerzone. Sollte ich vielleicht auch mal ausprobieren. Eine verlockende Vorstellung, Einkaufen ohne hetzende Menschen, ohne auf Scheinfreundlichkeit trainierte Verkäuferinnen und ganz ohne dieses, angeblich den Umsatz so fördernde, Einkaufsradiogeplärr. Und in die Spiegel der Umkleidekabinen, in denen einfach alles sch... aussieht, braucht man auch nicht mehr zu schauen. Gregor du bist genial, einkaufen ganz ohne Frust."

Doch Gregor blickt Charlotte verzagt an. „Nun ließ doch mal."

„Sehr geehrter Herr Gorgon, zuerst einmal bitten wir hiermit in aller Form zu entschuldigen, dass es hinsichtlich Ihrer Bestellung zu Unstimmigkeiten gekommen ist und Ihnen bedingt dadurch leider Unannehmlichkeiten entstanden sind..."

Gregor hatte sich bei seinem Versandhaus

beschwert und ein professionell auf Scheinfreundlichkeit geschulter Kunden Service erklärt ihm nun, warum man, wenn man zwei Bestellgrößen eines Artikels zur Auswahl bestellt hatte, nur eine Größe erhält. Erst wenn dieser nicht passen sollte, werde die andere Größe geschickt und damit würde der Kauf einer Hose drei Wochen dauern. Als erklärtes Ziel sollte dieses Vorgehen dem Unternehmen Versandkosten ersparen und auch noch darstellen, wie umweltfreundlich man hier wirtschaftet. Schließlich ist doch klar, dass man in blühenden Landschaften ums Sparen und ein umweltfreundliches Marketing Image nicht herumkommt.

„Gregor, du kannst dich beruhigen, die tun nichts, die wollen doch nur spielen. Schon 1994 haben Wissenschaftler den Nobelpreis dafür bekommen, dass sie herausgefunden haben, dass ein Wirt-schaftsunternehmen führen und Poker spielen das Gleiche sind. Also, jetzt setzt du erst einmal dein Pokerface auf."

Doch Gregors Gesicht erhellt sich kein bisschen, denn er ist ein Spiele Muffel. Wahrscheinlich hat er früher beim MenschÄrgereDichNicht immer verloren und bei Monopoly saß er die ganze Zeit im Gefängnis, während sich die anderen die Schlossallee unter den Nagel rissen. So ist nun mal das Leben und es gibt viele auf diese Weise traumatisierte Zeitgenossen wie Gregor, die einfach nur einkaufen wollen und sonst nichts.

Charlotte liest weiter. „Lieber Herr Gorgon, als kleine Aufmerksamkeit für Ihre Bemühungen, fügen wir diesem Anschreiben gerne ein Präsent bei und hoffen, dass Sie hieran Freude haben werden."

„Mensch Gregor, die sind doch nett, nun freu dich doch!"

Doch Gregors Miene verdüstert sich vollends und er schaut auf das tiefschwarze Schächtelchen in seiner Hand.

„Ist es da drin? Zeig doch mal. Ist es schön?" Gespannt schaut Charlotte nun auch auf das tiefschwarze Schächtelchen. Gregor reicht es ihr langsam über den Tisch. Vorsichtig und erwartungsvoll öffnet sie den Deckel.

Gregor sieht Charlotte aufmerksam an. „Jetzt siehst du auch aus wie ein Fragezeichen! Das ist ein Chip, aber leider nicht zum Pokern."

„Gregor, erzähl mir nichts, das soll ein Schlüsselanhänger sein. Siehst du, in diesen Ring zieht man die Schlüssel."

„Jetzt schau doch mal genau hin, hier wo das Logo der Firma auf echt französisch steht." Gregor hält ihr das Logo nun direkt vor die Nase.

„Ist ja kaum zu glauben, weißt du was das wirklich ist? Das ist einfach...", ihr fällt so schnell kein passendes Adjektiv ein. „Das ist ein Einkaufswagenchip und das Logo der Firma heißt auch noch „schöner Preis", übersetzt aus dem Französischen natürlich."

Gregor ist felsenfest von der Boshaftigkeit dieses Versandhauses überzeugt und sicher, dass er, wegen seiner Beschwerde nun, mit einem Bestellverbot belegt worden ist. Er würde sich nun wieder durch die Fußgängerzonen schlagen müssen.

„Gregor, du denkst immer so negativ. Sieh es als ein Zeichen von Fairplay. Stell dir mal vor, die erste Größe der bestellten Hose passt nicht, du schickst sie zurück und nach vielleicht zehn Tagen kommt dann die nächste Größe, doch schon nach fünf Tagen brauchst du sehr dringend eine neue Hose, für ein Vorstellungsgespräch, eine Hochzeit oder so. Mit diesem Einkaufswagenchip erlauben dir die Spielregeln dieser Firma, in die Stadt zu gehen und dir eine neue Hose in den Einkaufswagen zu legen, sofern du den Chip eingeworfen hast. Die bestellte Hose aber, die dann nach zehn Tagen bei dir ankommt, darfst du wieder zurück-schicken, ohne Versandkosten dafür zu bezahlen. Das Freundlichste aber ist, mit dem Logo auf dem Chip wünschen sie dir, beim Ladeneinkaufen auch noch einen schönen Preis. Ich finde, du solltest dich für das Präsent bedanken."

Gregor sieht schon viel besser aus. Als er wieder rüber in seine Wohnung geht, fasst er sich allerdings an den Kopf.

Magische Worte

Es gibt magische Worte, du sprichst sie aus und etwas geschieht, über das du keine Kontrolle mehr hast. Beschwörungsformeln im Voodoo Zauber sind so etwas. Jemand bekommt Bauchweh, weil ein anderer eine kleine Puppe mit einer Nadel kitzelt und einen geheimnisvollen Spruch dazu murmelt. Im Mittelalter meinte man, Frauen könnten mit Zaubersprüchen den Teufel herbeirufen und verbrannte sie auf den Scheiterhaufen ihrer Zeit.

So scheitern Menschen immer wieder an Illusionen, den wirklichen Feind aber erkennen sie nicht. Stattdessen kämpfen sie tapfer mit all ihren Feindbildern, so wie Don Quijote mit den Flügeln der Windmühle. So ein Don Quijote ist jetzt, durch ein paar zufällige magische Worte, in das Leben von Gregor und Charlotte getreten.

Gregor und Charlotte leben momentan fünfhundert Kilometer voneinander entfernt. Sie sind damit ein durch und durch modernes Paar geworden, das sich den Forderungen des Arbeitsmarktes nach Flexibilität seines Humankapitals anzupassen weiß.

Das hat ihre Beziehung verändert. Plötzlich reden sie viel mehr miteinander. Früher hockten sie abends oft nur stumm nebeneinander vor dem Fernsehapparat in Charlottes Wohnung oder an ihren Schreibtischen. Doch heute reden sie jeden Abend mindestens eine Stunde miteinander. Sie lesen sich sogar gegenseitig etwas vor und das alles am Telefon, versteht sich.

Letztens hatte Gregor, in der Stadt, in der er gerade arbeitet, nach einem Hut gesucht. Er ist mit Größe 60 nun mal ein echter Dickkopf. In dem kleinen Städtchen, waren nur Hüte bis Größe 59 vorrätig. So ruft er Charlotte abends etwas frustriert an.

Sie versucht, ihn zu trösten: „Weißt du was, wir schauen am nächsten Wochenende hier nach einem Hut und wenn wir dann auch keinen finden sollten, schenke ich dir einen Turban", – piep –! Dieser penetrante Ton fährt Charlotte ins Ohr. Es war zum Hörsturz kriegen, doch Charlotte weiß nicht, wie sie diese Anklopffunktion in ihrem Telefon abschalten kann.

„Warte mal Gregor, da klopft Jemand an, mal sehen wer es ist. – War niemand dran. Also, was hältst du von einem Turban?" – piep – Gerade will sie noch sagen: ‚Passt auf jeden Dickschädel', als ein dunkler Verdacht in ihr aufsteigt. „Gregor, das glaube ich nicht. Sag mal Turban" – piep –

„Turban. "– piep –

Einen Moment lang verschlägt es beiden die Sprache.

„Da hört jemand unser Gespräch ab", flüstern Beide.

Charlotte sucht nach Worten.

„Terroranschlag!" – piep –

Gregor sagt: „Osama bin Laden." – piep –, – piep –

Doppelpiep für Osama.

„Das magische Wort der magischen Worte", flüstert Charlotte ins Telefon.

Das Spiel fängt an, sie zu faszinieren, doch am Ende legen sie nachdenklich auf.

Waren sie jetzt in die Terroristenfahndung gekommen? Diese Frage treibt Charlotte die ganze Nacht um. Dabei ist doch absolut klar, sie würden niemals Gewalt unterstützen. Außerdem kennen sie nicht einen Moslem persönlich. Oder vielleicht doch? Es ist nun mal ziemlich unhöflich, bevor man mit jemandem redet, ihn zuerst nach seiner Religion zu fragen. Seinen Glauben muss doch jeder mit sich abmachen. Außerdem sind wirklich gläubige Muslime keine Terroristen.

Selbstverständlich essen sie kein Schweinefleisch und das bestimmt schon seit fünfundzwanzig Jahren nicht. Doch mit Religion hat das nichts zu tun, sondern eher mit schlechten Fetten, Sutoxinen und gequälten Tieren. Außerdem finden sie den Satz: Man ist, was man isst, sehr beeindruckend. So bestellen sie im Flugzeug immer gerne vegetarisches Essen. Sicher ist sicher! Vielleicht denken die deshalb, wir sind...? Charlottes Gedanken kreisen und kreisen.

Dabei fliegen sie nicht einmal mehr überall hin. An ihrem roten Kühlschrank hängt eine schwarze Reiseliste. In die USA reisen sie, nicht nur wegen des genmanipulierten

Essens und des gepanschten Weines, nicht. Seitdem es dort dieses Gesetz gibt, dass, sobald sich Jemand von ihnen bedroht fühlt, er sie prompt erschießen kann, haben sie die USA auf ihre schwarze Liste gesetzt. Schließlich sind sie ja nicht lebensmüde. Heutzutage gibt es dort sogar noch die Todesstrafe. Das alles hat sie auch bewogen, keine amerikanischen Produkte mehr zu kaufen, denn auch als kleiner Weltbürger muss man doch mal ein Zeichen setzen.

Es stehen aber auch viele islamische Staaten unter den Top Ten der Länder, die Charlotte und Gregor nicht mehr bereisen wollen. Allesamt Länder, in denen es die Todesstrafe, ja sogar Steinigungen gibt. Auch Verstümmelungen per Gesetz fanden sie nicht lustig und dann natürlich die Frauenfrage. Charlotte will doch nicht, von Kopf bis Fuß in schwarzer Kutte, bei über fünfzig Grad, in der Wüste rumrennen. Selbstverständlich ist Gregor hier ganz auf ihrer Seite.

‚Na gut', denkt Charlotte, ‚ich gebe ja zu, manchmal denke ich schon, wenn diese Terroristen nur etwas intelligenter wären und ihr Engagement in die Richtung lenken würden, so dass es einmal die Richtigen träfe, anstatt immer nur sich und andere arme Leute in die Luft zu sprengen. Aber ich denke ja nur.' Irgendwann reicht es ihr, denn es ist alles zu absurd und sie hat eine Idee. Um drei Uhr nachts ruft sie Gregor an.

„Ja?"

„Ich bin's! Ich kann nicht schlafen."

„Ich auch nicht. Weißt du, das ist alles Irrsinn" – piep – „Hörst du, da sitzt irgendwo in der Welt so ein armes Würstchen und belauscht unsere Gespräche, das ist der totale Irrsinn." – piep – „Und kannst du mir sagen, warum jetzt

Irrsinn" – piep – „schon ein magisches Wort ist?"

„Nee, aber vielleicht ist Irrsinn" – piep – „das Gleiche wie Terroranschlag" – piep – „oder etwa nicht? Gregor, ich finde, wir sollten ihn Don Quijote nennen und wir sind die Windmühlen und bringen ihn auf Trab."

„Was hast du vor?"

Zur Sicherheit legt sie auf, ruft Gregor aber gleich wieder an.

„Entschuldige, aber ich habe vor, Don Quijote einen Schlag auf die Ohren zu geben. Also, wir sagen jeden Abend so ein magisches Wort und dann lesen wir Don Quijote etwas vor. Wir entwickeln ein kleines Bildungsprogramm für Telefonabhörer. Es gibt z. B. etwas von Deutschlands Geistesgrößen. Ein bisschen Schiller, ein wenig Goethe und auch ..."

„Das hört sich ja nach Telefonfolter an", kommt ihr von Gregor entgegen.

„Unter Telefonfolter verstehe ich aber etwas anderes. Wenn er richtig Kopfschmerzen bekommen soll und wir sein Gehirn in den Schleudergang bringen wollen, müssten wir mindestens Immanuel Kant lesen. Aber wir könnten ja auch etwas von den alten Chinesen nehmen, wo China jetzt so stark im Kommen ist. Bei Doppelpiep wäre ich allerdings für die ‚Philosophie der Freiheit' oder aber ..."

Beim „oder aber", können Gregor und Charlotte sich zunächst nicht einig werden. Gregor meint, es wäre doch etwas zu intim. Außerdem wissen sie nicht wirklich, wie das geht und müssten erst einmal Erfahrungen mit teuren 0190-er Nummern sammeln. Die Vorstellung allerdings, dass dann ein armes Würstchen, mit knallroten Ohren und Hand an sich legend, am Abhörgerät sitzen würde, finden beide sehr amüsant. Doch wahrscheinlich würden Gregor und Charlotte vor lauter Lachen sowieso kein ernsthaftes Stöhnen zustande bringen.

Irrsinn ist ab sofort ihr magisches Lieblingswort. Dann kommt: „Dies ist ein Anschlag" – piep – „auf Don Quijotes Ohren."

Danach folgt der gute alte Goethe.

„Über allen Gipfeln ist Ruh,
in allen Wipfeln spürest du
kaum einen Hauch.
Die Vöglein schweigen im Walde.
Warte nur, balde ruhest du auch."

Den letzten Satz, sagen sie besonders geheimnisvoll.

Gregor und Charlotte haben damit viele amüsante Abende und stellen fest, was all die Geistesgrößen doch für Terroristen waren. Überall magische Worte, sogar der alte Chinese Konfuzius landet Treffer. Konfuzius wäre bestimmt sofort nach Guantánamo gekommen und erst nach Jahren mit langem Bart wieder entlassen worden.

Als Gregors Sohn aus erster Ehe von seinem Praktikum in Florida zurückkommt, bringt er Gregor und Charlotte eine Ansichtskarte mit. Er sagt, er hätte sie von einem Mitreisenden bekommen. Ihre Namen stehen da darauf und *„Einladung von Don Quijote nach...“* Sie drehen die Karte um und sehen auf dem Bild eine Landschaft in der Karibik und zwei Menschen in roten Overalls. Ihnen wird irgendwie heiß und kalt und sie hängen die Karte erst einmal an ihren Kühlschrank. Seitdem führt sie unangefochten den ersten Platz auf ihrer schwarzen Liste an. Gregor und Charlotte wollen nun nichts mehr von der Flexibilität des Human-kapitals wissen. Gregor hat seine

Arbeitsstelle in der Ferne aufgegeben und beide leben wieder unter einem Dach, wenn auch mit eigener Wohnungstür. Erstmal aber ganz ohne Telefon, auch auf die Gefahr hin, dass sie nun nicht mehr so viel miteinander reden werden.

Unheilbar

„Sag mal Charlotte, warum gehen eigentlich immer nur Psychos in die Politik und werden dann auch noch gewählt?" Gregor sitzt vor den abendlichen Fernsehnachrichten und was da so alles erzählt und gezeigt wird, lässt ihn zappelig werden. „Und dann gibt es auch noch über jeden Furz, den die machen, eine Sondersendung?"

Charlotte sitzt an ihrem Schreibtisch und verhält sich, wie immer erst einmal ganz ruhig. Sie kennt diesen besonderen Tonfall von Gregor nur zu gut, weiß aber, früher oder später kommt sie nicht drum herum, etwas dazu zu sagen. So versucht sie es mit einer Gegenfrage: „Meinst Du Psychos, die therapieren oder Psychos, die therapiert werden?" Noch bevor Gregor antworten kann, schickt sie die Antwort in einer weiteren Frage hinterher: „Wäre es vielleicht möglich, dass kluge Menschen, dass glückliche Menschen besseres zu tun haben, als in einer weltweit agierenden Irrenanstalt, nur wegen Macht- und Geldgier, ihre Kräfte zu verschleudern?"

„Du meinst also, nur Macht- und Geldscheinbesessene gehören in diese weltpolitische Irrenanstalt?" überlegt Gregor. Er schaut vom Fernseher auf und zu Charlotte rüber. „Aber irgendeiner muss diese Irren doch mal therapieren!", wirft er noch ein, „vielleicht sind die Nachrichten mit ihren ewigen Sondersendungen letztendlich doch nur ein Hilferuf, sozusagen eine Stellenausschreibung, in der ein Welttherapeut oder eine Welttherapeutin gesucht wird?"

Charlotte steht vom Schreibtisch auf und muss lachen. „Vielleicht können wir uns ja mal bewerben?" Dann geht sie und holt eine Flasche Sekt aus der Küche. „Doch nun mal ganz im Ernst." Charlotte holt jetzt so richtig aus: „Ich würde sagen unheilbar! Schau sie dir doch mal an, dieser Ziegentyp, der hier bei uns, was für ihn ja Ausland ist, immer seine riesigen Wahlveranstaltungen inszeniert. Keine Ziege stellt sich so blödbockig an und hat so viel Schiss wie der. Der kriegt schon durch einen Zeitungsartikel eine schwere Angststörung und sperrt dann alle möglichen Leute ein. Hauptsache einsperren, warum ist dem doch völlig wurscht."

„Ja, kein Wunder, dass man den in der EU nicht will. Es ist doch schade, dass man in seinem Land keinen Urlaub mehr machen kann, denn es ist ein so schönes und interessantes Land", sagt Gregor. „Aber was ist eigentlich mit dem gelb-orange Hairgestylten aus dem Fake-News-Wahl-Land hinterm Ozean? Wie nennt sich diese Krankheit?"

„Jetzt wo der sich mit dem Kugelkopf aus Korea, vor dem die Leute ja immer massenhaft ihre Beine in die Luft schmeißen müssen, in die Wolle kriegt und ihn dann wieder in den Arm nimmt, um sich kurz danach mit ihm in die Haare zu kriegen, bekommen Begriffe wie Knallkopf und Knalltüte sicher eine ganz neue Dimension. Ich therapiere die jedenfalls nicht!" sagt Charlotte und konzentrierte sich darauf den Korken aus der Flasche zu ziehen.

„Meinst Du wirklich, man sollte das alles Buddha, Jesus und Mohamed überlassen?" Gregor rutscht ungeduldig auf dem Sofa rum, nimmt die Fernbedienung und zappt durch die Programme. Wieder überall nur Sondersendungen über den neuesten Irrsinnsvorfall in der Welt. Eine Vermutung hier, eine nicht bestätigte Vision da.

Doch plötzlich knallt's. Gregor zuckt zusammen. Charlotte hat die Sektflasche endlich von ihrem Korken befreit und schenkt ihn in zwei Gläser ein. „Gregor", liebevoll schaut sie zu ihm rüber und reicht ihm ein Glas, „eigentlich haben wir heute Abend nur die eine Wahl" und schon sitzt sie neben ihm auf dem Sofa, kuschelt sich an ihn und reicht ihm eine DVD. „Den Liebesfilm!"

Wenn das keine Heilung verspricht – was dann?

Das Kreuz auf sich nehmen

Am nächsten Morgen stehen beide gut gelaunt auf. Charlotte holt zum Frühstück die Zeitung aus dem Briefkasten und sieht, dass auch der Postbote schon da gewesen ist. Sie schaut die Briefe durch und wie immer: Alle paar Jahre wieder, liegen diese Zettel im Briefkasten. Charlotte hält die Briefe hoch und ruft Gregor, in Erinnerung an ihren gestrigen Abend, zu: „Nun geht es los, wir haben mal wieder die Wahl!" Den Wahlzettel wedelnd geht sie auf ihn zu.

Gregor fasst sich an den Kopf. „Ein Kreuz auf dem Papier ist doch nicht wirklich eine Wahl!" Er nimmt seinen Wahlzettel und geht rüber zum Schreibtisch. Immerhin ist für ihn Briefwahl besser, als in irgendwelchen Turnhallen Schlange stehen zu müssen, bevor er sein Kreuz auf sich nehmen kann. „Und wo soll ich jetzt meine Kreuze machen?" Charlotte stellt sich hinter Gregor, umarmte ihn und zeigt auf die linke Seite und dann auf die rechte Seite des Wahlzettels. „Eines in diese Reihe und eines in diese", ist Charlottes ganz pragmatische Antwort.

„Das meine ich doch gar nicht!" Gregors Blick auf so einen Wahlzettel ist nun mal ein anderer – philosophisch eben. „Wer bietet uns denn mal einen echten Wandel?"

Charlotte überlegt: „Du meinst einen echten Wandel im Handel? Nur noch Biogemüse und Fleisch von Tieren, die ihr kurzes Leben mit Hörnern und nicht kastriert auf der Weide verbringen durften? Und Küken, die ungeschreddert ihr Leben genießen können?" Charlotte ist eben die praktische Denkerin von den Beiden.

Doch Gregor unterbricht sie: „Ich meine, Handel ohne Maximalgewinne für wenige und Armut für viele? Welche Partei steht denn dafür?"

Charlotte legt Gregor beruhigend die Hand auf die Schulter und versucht sich von seinen politischen Fantasien inspirieren zu lassen und hier mal ein wenig mitzuspinnen: „Überhaupt keine Kinderarmut mehr und für alle, die weltweit in Textilfabriken arbeiten, nur acht Stunden am Tag arbeiten und dafür noch ein Gehalt, von dem sie leben können? Also, dem Handel mal richtig Schranken setzten? Solche Parteien gibt es hier bei uns nicht."

Gregor nickt. „Verstehst Du jetzt mein Kreuzproblem? Und gibt es eigentlich irgendeine Partei, die den internationalen Waffenhandel abschafft?"

Charlotte schaut auf ihren Wahlzettel, doch eigentlich beantwortet sich die Frage von selbst. „Supergewinne dadurch, dass man etwas teuer verkauft, was schon beim ersten Gebrauch zerstört wird und dann sofort wiedergekauft werden muss. Ein so geniales Handelskonzept abschaffen? Das will doch keiner, koste es was es wolle."

Gregor verzieht sein Gesicht zu einem frustrierten Grinsen. „Hin ist hin", sagt er, „ein Bomben-Granaten-Raketenrecycling wäre ja auch wohl etwas zu absurd oder doch noch eine echte Psycho-Marktlücke?"

Puustekuchen

Charlotte ist gerade dabei, das Mittagessen auf den Tisch zu stellen, als Gregor hereinkommt.

„Charlotte, ich habe noch mal über mein Kreuz nachgedacht."

Gregor setzt sich an den Tisch und schaut zu Charlotte hoch, die noch die Fleischplatte hinstellt.

„Du hast es wieder im Kreuz? Soll ich dich nach dem Essen massieren?"

„Nein", Gregor legt sich ein Stück Fleisch auf den Teller. „Das Kreuz auf dem Zettel, den wir unbedingt noch in den Briefkasten stecken müssen."

Auch Charlotte nimmt sich ein Stück Fleisch und fängt an zu essen. Eigentlich wollte sie das Essen mit Gregor entspannt genießen, doch das war jetzt wohl vorbei.

Gregor schneidet sein Fleisch in genießbare Stückchen.

„Christlich Soziale Union, Soziale Partei Deutschland, Christlich Demokratische Union, CSU, SPD, CDU, vor lauter Kürzungen, haben die alles vergessen was ihre Namen eigentlich aussagen."

Charlotte nimmt sich vom Gemüse. „Und wo ist der Unterschied zwischen christlich, sozial und demokratisch? Wenn man es ehrlich betrachtet, führt doch das eine zum anderen – oder?"

„Aber keiner handelt danach." Gregor nimmt sich vom Feldsalat. „In deren Buchstabensalatmischung geht eben alles verloren. Ein C, ein S, ein D kann doch alles Mögliche heißen."

„Aber am Ende stehen noch das P und das U", wirft Charlotte ein. Den Moment des nachdenklichen Schweigens nutzen Beide, doch noch das Essen zu genießen.

„Eigentlich sollte christlich doch mal stehen für: Wir sind alle gleich wertgeschätzt vor Gott. Und sozial steht doch für: Wir wertschätzen und helfen uns untereinander in jeder Situation. Ja, und was ist eine Demokratie, wenn nicht alle gleichberechtigt sind vor den Mitmenschen und sich somit gegenseitig wertschätzen und respektieren." Gregor philosophiert während Charlotte den Tisch abräumt. „Wäre wirklich schön, wenn Politiker endlich einmal den wahren Sinn in ihren Parteinahmen erkennen würden."

Charlotte holt den Nachtisch und stellt ihn auf den Tisch. „Du darfst aber das P und die U's nicht vergessen. Die stehen nämlich für Puustekuchen!"

Gregor greift zum Löffel, nimmt von Charlottes selbstgemachtem Zitroneneis und verzieht das Gesicht. Ist wohl zu wenig Zucker drin.

Für den heutigen Abend hatten sie sich etwas Besonderes vorgenommen: Keine Wahlgewinner - Spekulationsnachrichten, keine Wahlsondersendungen, keine Zeitungen. Sie wollen Charlottes Idee, diesen Abend mit Anagrammen zu gestalten, umsetzen.

Charlotte ist sehr erfreut, dass Gregor bei diesem herausfordernden Wortspiel mitmacht und hat sich für ihn ein besonders aktuelles Wort ausgedacht: Regierung! Gregor ist begeistert von diesem Wort und findet sofort das erste Wort, das sich darin verbirgt: Re-GIER-ung.

Charlotte schmunzelt: „Das ist doch einfach. Nun finde aber das, was wirklich in diesem Wort steckt. Ich hole derweil etwas zum Anstoßen", und schon ist sie auf dem Weg in die Küche.

Gregor rätselt hin und rätselt her und plötzlich findet er es. „Ich hab's, wieviel

Weisheit doch in der deutschen Sprache steckt."

Charlotte schenkt ein.

Gregor schreibt derweil auf, was in unserer Regierung so alles verborgen ist:

ReGIERung:

Genug Irre?!

Oder doch einfach nur:

Irre genug!?

„Ich habe gewonnen, denn es bleibt kein Buchstabe übrig."

„Darauf trinken wir!" Charlotte reicht ihm das Glas. „Denn wenn das keine Wahl ist, was dann?"

Und schon stoßen sie so richtig an.

Im Kreise drehen

„Gregor, schau mal was ich dir mitgebracht habe!" Charlotte stellt ihre Einkaufstasche ab und ergreift ein kleines Packet, mit dem sie in Gregors Arbeitszimmer geht. Gregor sitzt wieder an einem schwer verdaulichen Text und ist ganz vertieft in seine philosophischen Gedanken. Charlotte nähert sich ihm von hinten und umarmt ihn. Dann legt sie ihm das Päckchen auf seinen Schreibtisch. Gregor entfernt erfreut das Geschenk-papier.

„Was ist das denn?" Er wirft einen Blick auf die Verpackung, auf der in großer Schrift geschrieben steht: Volkszahnbürste, mit dem Untertitel: Heil den Zähnen.

„Was ist das denn? Charlotte, das meinst du doch wohl nicht ernst – oder?"

„Aber du brauchst doch dringend eine Zahnbürste. Deine alte ist schon so abgenutzt, die kann man ja nicht mal mehr zum Fugen reinigen in der Dusche verwenden."

„Volkszahnbürste?! Heil den Zähnen?! Und das soll ich in den Mund nehmen?"

Charlotte schaut verdutzt auf die Verpackung. „Die gab es im Sonderangebot, schon in Geschenkpapier verpackt und da habe ich zugegriffen." Charlotte bekommt plötzlich einen sehr nachdenklichen Gesichtsausdruck und ahnt, warum diese Zahnbürste schon in schönem Geschenkpapier verpackt war.

„Aus Restbeständen schlimmer alter Zeiten kann die aber nicht sein. Damals gab es doch noch keine elektrischen Zahnbürsten."

„Nein, damals war noch Handarbeit angesagt, rauf und runter, hin und her und nicht wie heute im Kreise drehen", meint Gregor und springt von seinem Stuhl auf.

„Umso schlimmer ist so eine Volkszahnbürste doch in heutigen Zeiten."

„Du meinst, da schließt sich ein Kreis?" Charlotte nimmt die Zahnbürste und legt sie zur Seite. „Ich werde sie morgen umtauschen gehen."

So ein Heil im Mund ist ihr dann doch etwas zu gruselig. Allerdings ist Gregor sich nicht sicher, ob das überhaupt möglich ist. Volkszahnbürsten Hersteller könnten aus so einer Rückgabe noch eine Volksverhetzung machen und dann das Geld nicht mehr zurückgeben wollen.

Am Abend setzen sich Gregor und Charlotte ganz gemütlich vor den Fernseher. Es gibt einen Film im Dumpfbacken-TV. Sie haben bei diesem Sender schon lange keinen Film mehr gesehen, denn nur ganz selten gibt es dort ja wirklich gute Filme. Doch heute Abend wollen sie sich einmal mit dem Film

„Honig im Kopf" so richtig entspannen, haben aber ganz vergessen, dass jeder Film, immer an den interessantesten Stellen von Werbung unterbrochen wird.

Gregor ist gerade dabei sich ein Gläschen Rotwein einzuschenken, als auch schon die Werbung losgeht mit dem besten Kaffee aus dem Volks-Senceo. Da läuft ihm der Rotwein über, denn wie gebannt schaut er auf diese Werbung.

„Jetzt machen die in der Werbung aus gutem Kaffee tatsächlich eine braune Brühe?!"

Charlotte nimmt Gregor die Rotwein-flasche aus der Hand, um Schlimmeres zu verhindern.

„Und das alles noch voll automatisch! Wie gut, dass wir unseren Kaffee noch handgemahlen in einer Espressokanne aus Edelstahl auf den Herd stellen können.

Den kann man dann wenigstens genießen."

Während der Werbezeit streiten sie darüber, ob ihr Fernseher nun wohl ein Volksempfänger geworden ist und warum so eine Volkswerbung gerade jetzt, so kurz vor den Wahlen gesendet wird.

Doch schon bald geht es weiter mit „Honig im Kopf"!

Mauerbruch –
Bei dir piepts wohl!

Schon so lange wohnen Gregor und Charlotte Wand an Wand, jedoch beide immer noch mit eigener Wohnungstür. An einem stürmischen Abend sitzen sie zusammen bei Charlotte im Wohnzimmer auf dem Sofa und sehen sich die Tagesnachrichten an. Der Nachrichtenmoderator springt von einem Irrsinnsthema zum Nächsten. Jedoch ist der neueste Bericht über die Mauer zu Mexiko an Wahnsinn kaum zu übertreffen. Zumindest nicht an diesem Abend.

„Bei denen piepts wohl! Was kann daraus schon werden, wenn so ein Trump Mauern baut?", Charlotte regt sich so richtig auf. „Da sollte man doch tatsächlich überlegen, ob man Trampeltier in Zukunft mit einem U schreiben sollte, denn das U aus dem Fake-News-Wahl-Land, ist bei uns vom Klang her ja ein A."

„Vielleicht sollte man ihm twittern, dass ein Trumpeltier niemals der größte Mauerbauer der Welt sein wird, denn im Vergleich zu der Chinesischen Mauer, mit 21196,18 km, wird er immer nur der kleine Winzling bleiben. Da kann er den Chinesen mit seinen neuen Zöllen noch so viel Ärger machen."

Doch dieser Einwand beruhigt Charlotte nicht wirklich. „Eigentlich kann der mit seinen Mauerplänen ja nicht einmal die Berliner Mauer toppen. Die hatte wenigstens ein deutliches Alleinstellungsmerkmal: Nicht Aussperrmauer, sondern Einsperrmauer. Damit schafft er es auch nicht die DDR zu übertreffen."

Gregor steht auf und holt eine Tafel dunkle Schokolade, während der Wetterbericht für den nächsten Tag Sonnenschein ankündigt.

„Ja, die mächtigsten Männer der Welt sind

nun mal immer nur die kleinsten und ängstlichen Männer der Welt", sagt Charlotte, als Gregor ihr ein Stück Schokolade rüberreicht und sie liebevoll anschaut.

„Charlotte, was hältst du davon, wenn wir das Gegenteil tun?"

„Was? Du meinst Mauern einreißen?"

„Ja!" Und schon ergreift er ihre Hand. „Was hältst du davon, wenn wir unsere Wohnungen miteinander verbinden und die Mauer zwischen unseren Wohnzimmern endlich öffnen?"

Charlotte lächelt. „Und dann?"

„Dann haben wir ein großes Wohnzimmer und müssen nicht immer durchs Treppenhaus, wenn wir uns, zusammen auf dem Sofa, über den Irrsinn der Welt informieren oder gemeinsam einen Film ansehen wollen."

Charlotte schaut Gregor an und es ist für

ihn deutlich wahrzunehmen, wie die Gedanken in ihrem Kopf die wildesten Sprünge machen.

„Und die Küchen? Deine oder meine?"

Gregor wirft einen Blick in Charlottes Küche und sagt: „Nein, nicht deine und auch nicht meine, sondern unsere. Wir kaufen und gestalten alles neu und gewinnen so einen ganz neuen Raum dazu."

„Gute Idee!", sagt Charlotte. „Dann also, erst die Küche und dann der Mauerfall oder umgekehrt?"

Für Beide ist es nun ein sehr spannender Planungsabend und am Ende einigen sie sich darauf, wer welche Aufgaben übernehmen soll. Gregor die Küche und Charlotte den Mauerfall, denn sie wollen mit ihrer Mauerbruchidee auch den Mauern in den Köpfen, mit ihren veralteten, klassischen Rollenbildern, etwas entgegenstellen. Ob das Gelingen wird?

Gregor sucht sich gleich am nächsten Tag einen Küchenplaner, mit dem er zusammen die neue Küche entwirft. Top modern natürlich. Schneller als gedacht sind alle Teile und Geräte gekauft und eingebaut. Alles sieht hervorragend aus.

Doch dann: Das Kücheneinweihungskochen mit Charlotte. So schnell hat Charlotte noch nie bei einem Projekt aufgegeben. Alles piept! Die Küchenmaschine 6 Pieps bis sie tut, was Charlotte will, der Herd 18 Pieps vor und zurück und das für jede Herdplatte, der Backofen, 1 Piep zum Anschalten, Programmauswahl bis zu 12 Pieps, fertig 8 Pieps. Den Geschirrspüler, anschalten mindestens 3 Pieps, fertig 8 Pieps. Nur der Toaster und die Kaffeemaschine sind sich völlig einig, beide brauchten genau 5 Pieps bis sie Charlottes Wünsche erfüllen können.

Gregor hält tapfer durch, nachdem er sich Ohrstöpsel in die Ohren gesteckt hat. So hört er Charlotte auch nicht, als sie sagt: „Mann! Bei dir piepts wohl! Das mit dem Mauerfall können wir wohl erst einmal vergessen."

Als das Essen fertig ist, reicht Gregor Charlotte die Streichhölzer, denn was die Romantik betrifft, ist er doch noch sehr altmodisch veranlagt. „Kannst du mal die Kerzen anzünden?"

Dann sitzen Beide am Tisch und versuchen das durchgepiepte Essen zu genießen. Gregor sagt: „Ich werde gleich morgen eine Anzeige aufgeben und einen Entpieper suchen. Und wann fällt die Mauer? Hast Du schon einen Mauerfalltermin in Aussicht?"

Charlotte muss erst einmal schmunzeln: „Entpieper ist sicher ein ganz neuer Berufszweig und du glaubst tatsächlich so Jemanden zu finden?"

„Küchen-Entpieper sind sicher leichter zu

finden als Trumpeltier-Entpieper", wirft Gregor scherzhaft ein.

„Kopf-Entpieper oder Kopf-Entpieperin ist bestimmt kein leichter Job. Wenn sie die Köpfe entpiept haben, müssen sie ja auch noch all die seltsamen Mauern in den Köpfen dieser kleinen, angeblich mäch- tigsten Männer der Welt, die aber immer nur die größten Angsthasen der Welt sind, abbauen." Charlotte hebt ihren Zeigefinger an die Stirn und klopft dagegen.

Der Abend gestaltet sich, angeregt durch Gregors modernen Küchenbau und den geplanten Mauerfall, dann doch noch sehr heiter und philosophisch.

Charlotte hat den Mauerfall für den nächs- ten Tag vorbereitet. Und tatsächlich, die Mauer fällt und das Abenteuer der Mauer- freiheit zwischen Gregor und Charlotte kann beginnen.

Übergebügelt!

Es dauert gar nicht lange und schon haben Gregor und Charlotte einen dicken Krach miteinander. Wie üblich ist der Auslöser, die allsamstägliche Hausarbeit, bei der beide, augenblicklich in schlechteste Laune verfallen.

Gregor hat schlechte Laune, weil er seine Hemden mal wieder nicht glatt bekommt und Charlottes schlechte Laune erreicht ihren Höhepunkt, als sie, wie immer, die eingebügelten Falten in Gregors Hemden wieder ausbügeln darf.

Zum Schluss muss sie sich dann noch anhören, dass an allem ja nur das Bügeleisen schuld sei, weil dieses schon lange nicht mehr auf dem neuesten Stand der Technik ist. Denn es piept nicht, es spricht nicht, es kann nur Hand und nicht Smartphone gesteuert werden. Das Gregor aber Charlottes Ratschläge zum Bügeln seiner Hemden konsequent nicht befolgen will, weil es für ihn so schön bequem ist, wenn letztendlich doch sie seine Hemden bügelt, streitet er natürlich vehement ab.

Zu guter Letzt hat Charlotte es endgültig satt, die schlechte Laune, das Bügeln und die immer gleichen Diskussionen mit Gregor, über den technischen Stand ihres Bügeleisens. Charlotte streikt und empfiehlt Gregor lautstark, sich doch endlich ein neues Bügeleisen anzuschaffen, denn sie würde nie wieder ein Hemd für ihn bügeln.

Gesagt, getan, am übernächsten Tag ist es da. Gregor hat, wegen der längeren Lieferzeit im Internet, dieses Mal im Laden eingekauft. So kommt ein echtes Designer Bügeleisen auf den Tisch. Voll stylisch, sofern man so etwas von einem Bügeleisen überhaupt sagen kann. Selbstverständlich ist es auf dem Höhepunkt aller bisher bekannten technischen

Möglichkeiten. Chip gesteuerter Dampf aus allen Düsen, zwölf innovative Bügelprogramme mit allen Schikanen, sogar vom Smartphone zu steuern und ohne Piep, doch mit smarter Stimme. Die Anleitung, die das ultimative Bügelfeeling verspricht, liest sich einfach ganz wunderbar. Bügeln, ein Event in jedem Haushalt.

Dass, das mit allen Schikanen allerdings wörtlich gemeint ist, lässt den Graben, der sich beim Bügeln zwischen Mann und Frau natürlicherweise immer wieder auftut, zu einer tiefen Schlucht werden.

Mann studiert genüsslich die Anleitung im Smartphone und Frau bügelt wie immer seine Hemden. Mann bekommt das Hemdenbügeln nun mal nicht hin, da kann sein Smartphone sagen was es will. Derweil aber sagt die smarte Bügel-eisenstimme Frau bei jeder Berührung ganz genau, was sie tun soll und lehrt sie so, ganz neu das Männerhemdenbügeln.

Doch Charlotte hat beschlossen stur zu bleiben und ist gespannt, wie Gregor das auf Dauer mit dem neuen Bügeleisen schaffen wird.

Kaputtperfektion

Charlotte ist schwer beschäftigt. Sie steht vor ihrem Kleiderschrank und muss schwerste Entscheidungen fällen: Weg damit oder behalten? Das ist hier die ganz große Frage und so wandern Kleider, Röcke, Jacken und Hosen immer wieder von dem einen Stapel auf den Anderen.

Gregor ist an diesem Tag in der Uni und hält einen Vortrag. So kann Charlotte, in ihrem Kampf um Behalten oder kann das weg, niemanden zu Rate ziehen.

Dabei findet sie die Idee, die ihr beim gestrigen Einkauf aus dem Lautsprecher im Familien-Einkaufszentrum entgegen-schallte, so großartig. So ein Angebot an Kunden hatte es vorher noch nie gegeben.

„Liebe Kundinnen, bringen sie uns eine Tüte voll alter Kleidung und sie erhalten 33% Rabatt auf das, was sie bei uns neu kaufen."

So ein Tauschgeschäft alt gegen neu begeistert Charlotte und so macht sie sich an die Arbeit: Aussortieren! Natürlich kann sie sich bei vielen Stücken nicht entscheiden und so hat sie am Ende eine Einkaufstüte voller alter, schon etwas abgewetzter Jeans zusammengestellt. Sogleich macht sie sich auf ins Familien-Einkaufszentrum.

Sie geht sofort in das Damenoberbekleidungsgeschäft und läuft geradewegs auf einen Ständer voller Hosen zu. Schließlich braucht sie ja, nachdem die Alten aussortiert sind, jetzt dringend Neue. Doch, nachdem sie eine Hose vom Ständer genommen hat und darauf blickt, ist sie etwas irritiert. Ihr Blick wandert von der neuen Hose zu ihren Alten in der Tüte und zurück. Sollte sie vielleicht eine Verkäuferin fragen? Doch schon gleich ertönt wieder die Ansage: „Liebe Kundinnen, bringen sie uns eine Tüte voll alter Kleidung und sie erhalten 33% Rabatt auf das, was sie bei uns neu kaufen."

Charlotte schaut sich die Hosen auf dem Ständer noch einmal genau an, blickt dann in ihre Tasche und verlässt den Laden. Genau gegenüber befindet sich ein 1-Euro-Laden. Dort stürmt sie hinein, kauft ein Teppichmesser und geht nach Hause.

Gregor ist mittlerweile von seinem Vortrag zurück, indem es um Philosophie und Wiederverwertung ging. Wie immer natürlich, ganz anders gedacht und anders als Charlotte es verstehen würde. Bei Gregor ging es um die Wiederverwertung oder besser gesagt Wiederaufwertung der Philosophie. Macht Philosophie heute noch Sinn oder kann sie weg und wenn weg wohin. Gregor trinkt, nach getaner Arbeit, ganz entspannt seinen Nachmittagstee. Als Charlotte zur Tür hereinkommt, wirft sie sogleich Teppich-messer und Tüte auf den Tisch. Fast wäre

Gregors Teetasse abgestürzt und so schaut er sie etwas verwirrt an und ergreift die Teekanne, um Schlimmeres zu verhindern. „Was wird das?"

„Mal sehen", ist Charlottes Antwort. „Wie war denn dein Vortrag? Recycelte Philosophie oder philosophisches Recycling? Pass auf, ich zeige dir jetzt mal was!"

Gregor ist etwas irritiert, als Charlotte nun ihre alten Hosen aus der Tasche zieht und sie auf dem Tisch ausbreitet. In der rechten Hand hält er seine Tasse, in der linken die Teekanne, denn Charlotte legt nun richtig los und hält Gregor einen Vortrag: „Das Konzept heißt, abgenutzt und kaputt bringt nichts, abgenutzter und kaputter aber richtig viel. Du siehst hier vier alte Jeans, abgenutzt, kaputt, aussortiert, zur Entsorgung bereit. Wert gleich Null! Nun schau was ich damit mache."

Sie nimmt das Teppichmesser und schneidet damit in die Hosenbeine, längs, quer, schräg, gebogen. Dann fordert sie Gregor auf, ihr das spitze, japanische Messer aus der Küche zu holen. Gregor geht sofort los, denn endlich kann er seine Tasse und die Teekanne abstellen. Als er Charlotte das Messer reicht, schickt sie ihn gleich wieder los. „Ach ja, ein Holzbrett wäre noch gut."

Er verschwindet, mittlerweile etwas belustigt, wieder in der Küche und holt ihr auch noch das Brett. „Willst du jetzt Sushi aus deinen alten Hosen machen?"

Charlotte muss lachen und legt das Brett unter die Hosen. Dann sticht sie los. Die Messerspitze durchdringt die Hosen und es entstehen kleine Lochmuster. Danach nimmt sie ihre Hände und geht an die Schnittstellen, fummelt mal hier und mal da ein paar Webfäden heraus. „Jetzt fehlt nur noch der Toilettenreiniger!"

„Was?!"

Charlotte nimmt ein kleines Milchkännchen und geht zu den Nachbarn
rüber. Dort fragt sie nach ein wenig Enten-
Chlor-Klo-Reiniger, denn das Chlor fehlt in
Charlottes und Gregors Reiniger-
beständen, schließlich waren sie umwelt-
bewusste Putzer. Die Nachbarin ist so
erstaunt, dass sie Charlotte einen guten
Rat mit auf den Weg gibt, nachdem sie
aus ihrer Klo-Chlor-Ente etwas in das
Milchkännchen gefüllt hat. „Aber nicht
trinken, denn Chlor ist ziemlich giftig!" ruft
sie ihr noch nach.

Charlotte nimmt nun das Kännchen und
verteilt, mal hier und mal dort, ein paar
Chlor-Klo-Enten-Tropfen auf ihren Hosen.
Gregor ist mittlerweile völlig verwirrt in
seinem Arbeitszimmer verschwunden.
Philosoph ist eben etwas anderes als
Frauenversteher. Ein Philosoph stellt sich
nun mal eher die Frage, ob es überhaupt

möglich sein kann, dass es Frauenversteher gibt.

Charlotte föhnt nun noch die farben-
entfernten Stellen trocken und macht sich
bereit zum Catwalk in Gregors Arbeitszimmer. Dort präsentiert sie ihm eine
besondere Rechnung.

„Du erinnerst dich Gregor? Vier Jeans,
Müll, Wert gleich Null. Nun schau dir an,
was dein Lieblingsmodell dir hier vorführt.
Vier Jeans! Top modern! Im Billigladen zu
kaufen für etwa 69 bis 89 Euro, im Edel
Shop für mindestens noch eine 1 davor,
also 169 bis 189 Euro. Mein Gewinn im
Billigladen liegt somit zwischen 276 und
356 Euro und im Edel Shop zwischen 676
und 756 Euro. Und was haben mich diese
Edel-Marken-Jeans gekostet?"

Gregor schaut verdutzt auf Charlotte, seinem Lieblingsmodel.

„Ein Euro für das Teppichmesser und eine

Einkaufstüte."

So wanderten Charlottes Jeans aus dem Schrank, in die Tüte, ins Einkaufszentrum und zurück, dann auf den Tisch, von dort auf den Catwalk und nun gehen sie wieder zurück in den Schrank.

Schon klar, dass Gregor bei so einer Jeans-Wanderung mit seiner Philosophie am Ende ist.

Abknallobjekte

Ein Schuss hat Gregor niedergestreckt und mit diesem Hexenschuss liegt er erst einmal flach. Doch ist bekanntlich nichts so schlecht, dass es nicht auch für etwas gut sein könnte. Mal Flachliegen und Entspannungsübungen machen, ist für Gregor gar nicht so verkehrt, denn in den letzten Wochen hatte er sich beruflich doch zu sehr im Stressmodus befunden. Allerdings funktioniert es mit der stressfreien Liegezeit dann doch nicht so wie gedacht. Während Gregor so daliegt und sich nicht bewegen kann, begeben sich seine Gedanken auf einen Marathon. Die haben sich jedoch nicht von allein in Bewegung gesetzt. Sie sind, von all den Nachrichten, die im stündlichen Dauerwiederholungsmodus im Radio präsentiert werden, auf den Weg gebracht worden. Charlotte hatte nämlich, als sie ging, mal wieder vergessen das Radio auszuschalten.

Das große Thema des Tages in den Nachrichten war: Darf man in Deutschland noch sagen „Soldaten sind Mörder"? Für Gregor, so daniederliegend, gestaltet sich das nun zu der großen Frage aller großen Fragen. Sogleich will er aufstehen und sich an seinen Schreibtisch setzen, schließlich sollte diese Frage doch endlich einmal korrekt beantwortet werden. Allerdings, von so einem Schuss niedergestreckt, hat er keine Chance, so schnell wieder in die Aufrechte zu kommen und Charlotte ist auch nicht da, um ihm die rechte Stütze zu geben. Zum Glück hat er sein Aufnahmegerät auf dem Nachttisch liegen, in das er all seine Gedanken hineinsprechen kann. Die Quellenangaben könnte er dann später noch einfügen, sobald sein Hexenschuss es wieder zulassen würde.

Und so fängt er an:

„Du sollst nicht töten! Das Gebot aller Gebote! Schon vor tausenden Jahren von

Moses auf dem Berg direkt von Gott empfangen. Von dem Gott, dem Juden, Christen und Muslime doch eigentlich gehorchen sollten. ‚Eigentlich' sagt aber schon deutlich, dass viele Menschen in diesen Glaubensgemeinschaften nun mal nicht auf ihren Gott hören wollen. Die Geschichte belegt das über Jahrtausende mit allerhand Fakten."

Doch wie war das, vor noch gar nicht so lang vergangener Zeit? Gregor versucht sich an das Jahr zu erinnern, als dieser so wahrhaftige Artikel über den Krieg von Kurt Tucholsky erschien.

„Es war 1931 als Kurz Tucholsky diesen Satz „Soldaten sind Mörder" formulierte und wohl als erster Autor die irrsinnigen Mordhintergründe des Krieges beschrieb", spricht Gregor wieder in sein Aufnahmegerät. „Hätte dieser noch den Vietnamkrieg miterlebt, wäre vielleicht sogar die

Formulierung ‚Soldaten sind Massenmörder' entstanden."

Da hört Gregor, dass die Wohnungstür aufgeschlossen wird und legt das Aufnahmegerät beiseite. Charlotte ist zurück und hat Gregor, die ihm verschriebenen Tabletten gegen seinen Hexenschuss mitgebracht. Sogleich läuft sie zu ihm ins Schlafzimmer.

„Gregor, Du weißt nicht, was ich eben im Autoradio gehört habe. Die wollen jetzt Kriegsroboter so programmieren, dass sie mit ihrer eigenen Intelligenz selbst entscheiden, wen sie umbringen und wen nicht!"

Gregor lächelt, jedoch nicht, weil ihn Charlottes Nachricht über die Künstliche Intelligenz so heiter stimmt. Er lächelt, weil ihm bewusst wird, wie sie Beide doch miteinander verbunden und selbst räumlich voneinander entfernt, mit den gleichen

Themen beschäftigt sind.

„Charlotte, dass ist interessant, denn dann hat der Spruch „Soldaten sind Mörder" dank KI ein für alle Mal ausgedient. Denn mit KI, was nun so viel heißt wie Killer-Intelligenz, muss man Soldaten ab jetzt Abknallobjekte nennen."

„Du meinst also, man könnte jetzt statt ‚Soldaten sind Mörder' sagen ‚Soldaten sind Abknallobjekte'? Aber das waren sie, wenn sie Ihren Beruf so richtig ausübten, doch auch schon immer", wirft Charlotte ein und reicht Gregor seine Schmerztabletten.

KünstlicheIntelligenzWerbung

Nach einigen Tagen hatte Gregor sich von seinem Hexenschuss erholt. Nun sitzt er mit Charlotte vor ihrem Laptop. Heute sind sie mal gemeinsam im Internet unterwegs, denn sie haben vor, ein verlängertes Wochenende in Den Haag zu verbringen. Das Escher-Museum haben sie sich als Ziel ausgewählt. Noch sind sie nicht auf 5G-Pfaden unterwegs, die ihnen Escher ja direkt ins Wohnzimmer holen könnte. Sie sind heute einfach nur auf der Suche nach einem passenden Hotel, denn sie wollen die Escher Bilder endlich einmal in echt sehen und nicht als virtuell Reality. Schließlich sind sie keine Stubenhocker und wollen auch keine werden.

So schauen sie auch schon mal nach den Öffnungszeiten des Museums und auf deren Internetseite sind bereits einige Bilder zu sehen. „Großartig, was einem auf diesen Bildern so entgegenkommt", sagt Gregor.

„Ja, so viele Bilder in einem Bild, kaum zu glauben, dass jemand so etwas, lange vor KI und virtuell Reality, überhaupt malen konnte. Sicher waren die Menschen damals sehr viel intelligenter als heute, wo alle, nur noch mit verengtem Blick auf kleinsten Smartphone-Bildschirmen, versuchen ihre Probleme zu lösen", erwidert Charlotte. Sie freut sich schon sehr darauf, diese genialen Bilder in echt und Originalgröße anschauen zu können.

Doch was ist das? „Wow, Charlotte, schau mal, wäre das nicht etwas für dich oder vielleicht sogar für uns?" Gregor zeigt auf den Bildschirm. Überall rund um die angezeigten Escher Bilder sexy Dessous.

Charlotte ist irritiert. „Was soll das denn?"

„So etwas nennt sich KI-Werbung. Da wird

dir, dank künstlicher Intelligenz, ganz individuell präsentiert, was für dich gerade das richtige wäre." Gregor rückt sogleich etwas näher an Charlotte heran.

„Aber", Charlotte schaut auf die künstliche Intelligenz Werbung, „das sind doch alles Teile, die ich letzte Woche im Internet-Versandhaus bestellt habe und..." Gregor schaut ihr tief in die Augen: „Und wann wolltest Du mich damit überraschen?"

„Naja, diese beiden Teile", Charlotte zeigt nun auch auf den Bildschirm, habe ich bestellt, alle anderen wollte ich nicht bestellen, weil ich sie zu hässlich fand oder die Qualität des Materials einfach zu schlecht war. Alles nur aus Kunststoff, wer weiß vielleicht ja sogar Plastikrecycling. Das finde ich nun mal nicht so sexy auf der Haut."

Gregor denkt nach. Es ist doch schon sehr seltsam, wenn Marketingexperten für ihre

Kunden genau damit Werbung machen, was diese schon gekauft haben, denn dann brauchen sie es doch nicht mehr. Und Kunden das anzudrehen, was sie nun wirklich nicht haben wollen, macht auch nicht gerade einen guten Eindruck. Wer kauft schon das, was er überhaupt nicht will, nur weil KI-Werbung es ihm immer wieder vor die Augen stellt? Vor allem dann, wenn er es weiter vor Augen geführt bekommt, wenn er es dann doch noch kauft. Algorithmen Manipulation ist eben auch nicht immer das, was sie so gerne verspricht.

„Charlotte, ich denke, künstliche Werbeintelligenz denkt eben auch nicht intelligenter, als nicht intelligente Marketingexperten denken."

„Also gut, dann gestalte ich mir meine Werbung mal selbst. Jetzt klicke ich immer Angebote an, die meinen Bildschirm verschönern, bestelle sie aber nicht, statt

BHs und Slips mal Kunstkalender oder Blumen. Das Großartige dabei ist, dass die Unternehmen für jeden Klick zahlen müssen. Wie dumm muss man eigentlich sein!"

Doch erst einmal suchen sie sich ein richtig schönes Hotel aus. Sogleich haben sie ihr ausgewähltes Zimmer auf dem Bildschirm und sind, ab sofort, zu einem virtuellen Probewohnen eingeladen.

Wer bin ich oder doch nicht?

Ärgerlich wirft Gregor seinen Stift weg. Nun hat er schon zwei Stunden daran gesessen, seine neueste Idee in die Tat umzusetzen. Doch an bestimmten Stellen macht einfach sein Gedächtnis nicht so richtig mit. Er muss erkennen, seine Autobiografie zu schreiben ist nun mal gar nicht so einfach.

Betrübt geht er in die Küche, um sich einen Kaffee zu holen. Charlotte sieht ihn an: „Was ist los mit dir? Du siehst so verzagt aus."

„Ach, ich wollte endlich mal mein Leben aufs Papier bringen, doch mein Gedächtnis will da einfach nicht so richtig mitmachen." Gregor nimmt seine Tasse und geht in den Garten.

Charlotte nimmt ihren Kakao in die Hand und geht ihm hinterher. „Naja, meinst du, es kommt da auf jede Kleinigkeit an? Oder hast du die Sorge, Alzheimer oder Demenz in dir entdeckt zu haben?" Charlotte trinkt genussvoll ihren Kakao und blickt entspannt über die blühenden Blumen im Garten. „Als Philosoph könntest du dich doch mal mit dem ganz großen, universalen Weltengedächtnis beschäftigen. Darin findest du dann vielleicht sogar noch die Biografien deiner letzten Leben."

„Kannst du mal aufhören mit diesem Unsinn?"

„Das ist kein Unsinn, sondern darin versteckt sich möglicherweise der Sinn unseres Lebens". Charlotte lässt nicht locker auch mal zu philosophieren. „Wenn du aber lieber eine ganz ohne Sinn Biografie schreiben willst, habe ich eine noch bessere Idee. Wozu gibt es denn künstliche Intelligenz und all die vielen Speicher oder besser Webspaces genannt? Schließlich speichern die doch alles, was wir getan haben, was wir gelassen haben, was wir tun und lassen werden. Jeder Algorithmus weiß mehr über dein Leben als du selbst."

„Du meinst, ich sollte mal bei Facebook und Twitter nachforschen?"

„Unbedingt, aber nicht nur da. Du könntest doch auch die großen Geheimdienste befragen und dort ein Verhaltensprofil von dir anfordern. Die haben bestimmt jede Menge über dich vorrätig. Erinnere dich nur an unser Magische-Worte-Projekt, als unser Telefon abgehört wurde. Da wird sich eine Anfrage bei der NSA bestimmt lohnen. Und nicht vergessen, die ganzen Marketingfirmen im WorldWideWeb, die so genau wissen, was du machst und was du willst und was du brauchst. Die werden dir ganz genau sagen können, wer du warst und wer du bist und wer du wirst."

„Nein! Vielleicht denkst du mal an dein BH-Kauf-Projekt. Die werden mir nur ganz genau sagen können, wer ich garantiert nicht bin aber wie sie mich natürlich gerne hätten." Gregor ging wieder an seinen Schreibtisch zurück und dachte nach. Wenn er auf Charlottes Vorschlag eingehen würde, wäre es dann eigentlich noch eine Autobiografie? Was soll's, irgendwie inspirierte ihn Charlottes Idee nun doch, zuerst einmal seine Algorithmengrafie zu schreiben.

Mal sehen, was da wohl für ein Gregor herauskommen wird. Auf jeden Fall wird er damit ein ganz neues Format in der Literatur erschaffen.

Alles wird vergehen,
doch der Irrsinn bleibt bestehen

Charlotte sitzt auf einer Bank im Park in der Sonne und genießt den Frühling. Der Himmel ist strahlend blau, wie schon lange nicht mehr, die Vögel geben ein großes Konzert in den Bäumen und rundherum blüht es in allen Farben.

Eigentlich wollte sie gemeinsam mit Gregor den Ostereinkauf machen, doch stellte sich sehr schnell heraus, dass, in diesem Jahr zu Ostern, das größte Problem nicht die Entsorgung von Gregors Weihnachtsbaum sein würde. Als sie beim Supermarkt angekommen waren, wurden sie sogleich aufgefordert, zwei Einkaufswagen zu nehmen, obwohl ihnen einer doch völlig ausgereicht hätte. Dann wurde ihnen das Ende der Einkaufswagenschlange vor dem Eingang gezeigt, wo sie sich anzustellen hätten. Dazu bekamen sie beide noch ein

Desinfektionstuch, zum Einkaufswagen putzen, damit ihnen das Warten nicht langweilig würde. Außerdem gab es die strikte Anweisung zwei Meter Abstand zu halten. Um die Einkaufswagenschlange nicht unnötig zu verlängern, beschlossen sie, dass Gregor den Einkauf in diesem Laden übernehmen sollte, Charlotte wäre dann im Nächsten mit dem Einkaufswagen Schlange stehen dran.

Nach einer Stunde bekommt Charlotte eine Nachricht von Gregor auf ihr Smartphone, dass sie sich auf dem Parkplatz treffen. Gregor ist völlig genervt. „Der totale Wahnsinn!" ruft er ihr schon mit weit über zwei Meter Abstand entgegen.

Charlotte schaut in den Einkaufswagen und fragt: „Deutscher oder Franzose?" Gregor schaut sie verwirrt an. „Naja, Franzosen hamstern Wein und Deutsche Toilettenpapier", erläutert Charlotte ihre Frage mit einem Zwinkern in den Augen.

„Na, was für ein Glück, dass ich kein Amerikaner bin, dann hätte ich jetzt den Einkaufswagen bis zum Rand voller Waffen und dann würde es hier aber so richtig krachen. Wir könnten jeden Huster abknallen, weil wir uns von ihm ja bedroht fühlen würden." Und schon holt Gregor mit einem tiefen Fake-Huster aus. Alle, die gerade ihre Einkäufe ins Auto packen, schauen voller Panik zu ihnen rüber.

Doch Gregor und Charlotte steigen gelassen in ihr Auto und fahren zum nächsten Einkaufsladen. Nun ist Charlotte dran. Gregor begibt sich auf einen Spaziergang um den See herum und freut sich, dass sie in einer so schönen, mit vielen Parks ausgestatten Stadt leben.

Charlotte nimmt den Einkaufswagen und muss ihn vor dem Eingang auch erst einmal desinfizieren. Dann nimmt sie ihre Maske und stellt sich in die Bio-Supermarkt-Einkaufswagen-Schlage. Beim

Warten in der Schlage kommt ihr ein Gedanke: Vor allen Läden werden die Einkaufswagen desinfiziert, aber ist dieses Desinfektionsmittel überhaupt zum Abtöten von Viren geeignet oder ist das ganze bloß ein Panikdesinfektionsfake? Desinfektionsmittel die Viren töten, waren doch momentan selbst in Krankenhäusern rar geworden.

Endlich darf sie in den Laden hinein, doch als sie sich umschaut, sieht sie lauter leere Regale. Ihre Lieblingsbrotbackmischung – ausverkauft, ihre Lieblingskeksbackmischung – ausverkauft. Zum Glück ist ihr Lieblingsmüsli noch vorhanden und so nimmt sie zwei Pakete mit. Es sind auch hier die Letzten. Mandelmilch gibt es zum Glück noch und so stellt sie sich eine ganze Kiste in den Einkaufswagen. Nun fehlt nur noch das Obst dazu, dann ist ihr Frühstück für die nächste Woche gesichert. Doch wie soll sie das Abendbrot ersetzen?

Da bleiben ihr nur Salat und Gemüse und schnell ist der Einkaufswagen so richtig voll. Charlotte macht sich auf zur Einkaufswagenkassenschlange, die sich 30 Meter quer durch den Laden zieht.

Bereits von weitem ruft ihr eine Frau, mit Panik in den Augen und einer selbstgebastelten Fakeatemschutzmaske im Gesicht, entgegen: „Abstand halten! Abstand halten!" Charlotte schaut die Frau verwirrt an und ruft zurück: „Keine Angst, ich will Sie nicht küssen!" So langsam ist Charlotte richtig genervt von dieser Einkaufstour und sehnt sich nach ihrem ruhigen und entspannten Homeoffice. Da blickt sie zur Seite, sieht ins Sektregal und ihr Entschluss steht fest: Sie will es jetzt mal so richtig knallen lassen. Schon stehen zwei Kisten ihres Lieblingssektes im Einkaufswagen. Dieser Holunderblütensekt ist alkoholfrei, doch kein Sektkorken knallt beim Öffnen so laut, wie dieser. Jetzt wäre allerdings ein zweiter Einkaufswagen nicht schlecht gewesen, denn zu jeder Kiste gibt es auch noch ein Sektglas als kleines Osterwerbegeschenk dazu. Es dauert noch eine Weile, bis sie durch die Kasse ist und als sie beim Auto ankommt, ist Gregor schon da.

Die Frau, die sie im Laden so angeschrien hatte, hatte ihr Auto genau neben ihrem geparkt und schreit schon wieder: „Abstand halten! Abstand halten!" Sogleich zieht sie ihre Maske fest. Charlotte läuft auf Gregor zu, auch wenn es mit dem so vollen Einkaufswagen nicht so einfach ist, und umarmt und küsst ihn. Dann ruft sie zu der Frau rüber: „Sehen Sie, ich will Sie immer noch nicht küssen, denn ich küsse nur Gregor. Also, keine Panik, wir sind nicht auf der Titanic und Udo ist auch nicht da!" Mittlerweile ist Charlotte überzeugt, dass so eine Panikinfektion gefährlicher ist als jedes gekrönte Virus.

Gregor schaut auf den vollen Einkaufswagen: „Jetzt bist Du also doch noch eine richtige Corona-Hamster-Käuferin geworden."

„Nein, ich stehe nicht auf Haustiere aber auf Sekt!" Und schon hat sie die beiden Gläser und eine Sektflasche ergriffen. „Um zwei Gläser zu bekommen, musste ich zwei Kisten kaufen." Dann lässt es Charlotte so richtig knallen und alle, die gerade ihre Einkäufe ins Auto packen, schauen erschrocken zu ihnen rüber. Schon stoßen Gregor und Charlotte auf all die ausgefallenen Flüge an, die den Himmel endlich wieder in klarem Blau erstrahlen lassen. Dann heben sie ihr Glas auch der Panikdame zu: „Ein Hoch auf das Virus wollen wir nicht ausrufen, aber so saubere Luft zum Atmen, wie im Moment, hatten wir doch schon lange nicht mehr. Genießen wir es, also Fakeschutzatemmaske ab!"

Auf dem Rückweg hören sie im Autoradio die Nachrichten. Es wird berichtet, dass alle Kriegsparteien weltweit von höchster Stelle aufgefordert wurden, eine Corona-Virus-Waffenruhe einzuhalten. „Also, trinken wir doch noch auf das Virus", sagt Charlotte, die am Steuer sitzt.

„Pass auf!" ruft Gregor und Charlotte geht sofort auf die Bremse. Eine Supermarkt-Einkaufswagen-Schlage zieht sich, genau hinter der Kurve, bis auf die Straße hin.

„Wow, wo wir heutzutage überall aufpassen müssen," sagt Charlotte. „Auf jeden Fall wären Fakten-Checks besser als all diese spekulativen Mutmaßungen und die sich ständig wiederholenden Sondersendungen unseres öffentlich-rechtlichen Fernsehens. Die können einen durchaus an 9/11 erinnern. Über Monate, immer die gleichen Bilder, immer die gleichen Mutmaßungen und Angstmache ohne Ende. Als ob es nichts Wichtigeres mehr auf der Welt gäbe, als Menschen mit Angst- und

Panikviren zu infizieren. Dagegen erscheint mir das Coronavirus fast harmlos."

„Man sollte mal umfangreiche Berechnungen erstellen, wie viele Menschenleben wohl gerettet werden, wenn alle Kriege durch eine Corona-Virus-Waffenruhe ausfallen würden und wie viele Menschen am Virus sterben?" Gregor hat sein neues Philosophenthema für die nächsten Corona-Homeoffice-Tage gefunden.

Doch zuerst müssen sie ihren Oster-Angsthasen-Einkauf ins Haus schleppen. Oder ist es vielleicht doch nur ein Oster-Hamster-Einkauf gewesen? Denn schnell stellen sie fest, dass sie die Hasen, vor lauter Schlange stehen, vergessen hatten. So muss es dieses Jahr zu Ostern wohl die Schokoweihnachtsmannreste geben. Natürlich als Hase, wenn nicht gar als Angsthase maskiert, denn Gregor und Charlotte trauen sich nicht, sich noch einmal in so eine Angsthasenschlage zu stellen, nur um ein paar Osterhasen zu kaufen. Auf jeden Fall konnte ihnen keiner vorwerfen, sie wären auf einer Hasen-Hamster-Einkaufstour gewesen.

Beiden wird an diesem Osterfest klar: Was Fridays for Future nicht geschafft hat, schafft nun vielleicht Corona für unsere Zukunft. Zumindest vorübergehend und damit ist klar: Frei(e)tage und Viren können vergehen, der Irrsinn des 21. Jahrhunderts jedoch bleibt bestehen.

Allerdings ist dieser doch immer wieder zu toppen. Schon kurz nach Ostern tritt der sog. mächtigste und garantiert mit schwerster Dummheit infizierte Mann auf dieser Welt, vor eine Pressekonferenz. Seine Empfehlung: Die Menschen sollen sich Desinfektionsmittel spritzen, da Desinfektionsmittel doch Viren töten können. Charlotte und Gregor sind sich sicher, dieser Mann trinkt bestimmt jeden Tag einen Liter hochprozentigen Wodka, vielleicht um seinen Mund- und Rachenraum zu desinfizieren. Auf jeden Fall sind sie sich einig: Eine Mauer, quer durch den Atlantik, könnte vielleicht doch eine schwere Irrsinnspandemie von Europa fernhalten.

Ich bin ein Star...

Endlich, es ist Sommer und endlich könn-ten Gregor und Charlotte in Muße, ganz entspannt durch den Park schlendern und so den Tag genießen. Es gab Zeiten, da nannte sich so etwas Lustwandeln, doch das ist vorbei. Für das, wie heute im Park gegangen wird, hat man noch nicht wirk-lich einen passenden Begriff gefunden.

Das Smartphone bebt bei Gregor in der Hosentasche und bei Charlotte im Hand-täschchen. Sie hatten es bewusst leise ge-stellt und einmal das Vibrieren in den Ta-schen zu ignorieren, geht ja vielleicht noch, doch beim zweiten Mal muss Char-lotte dann doch zugreifen und nachschau-en. Es könnte ja wichtig sein! Und schon sieht sie mit gesenktem Blick, dass sie über ihre Super-App eine Facebook-Nachricht bekommen hat. Einer ihrer vielen Freunde dort, hat etwas gepostet.

So geht Charlotte nun mit gebeugtem Blick den Weg entlang, während Gregor hoch in die Baumwipfel schaut. Doch plötzlich hört er Charlotte sagen: „Hast Du Lust mal mit Jesus zu sprechen? Eine junge Frau bietet im Astro-Netz-TV Gespräche mit Jesus an."

„Welcher Jesus?" Gregor schaut irritiert zu Charlotte rüber.

„Na, DER Jesus!" Charlotte hält ihm das Smartphon vors Gesicht.

„Spinnst du!?"

„Ich nicht, aber die da! Jesus geht nun nicht mehr übers Wasser, sondern mit KI über Facebook."

Gregor schiebt Charlottes Hand samt Smartphone zur Seite. „Dann gehen wir demnächst nicht mehr in die Kirche und hören, was Pfarrer zu sagen haben, son-dern hören stattdessen jungen, wahrsa-

genden Mädels auf Facebook zu, bei denen wir in Echtzeit mit Jesus talken können?"

„Könnte doch ein super Geschäftsmodell
sein", erwidert Charlotte, „ein echtes Er-
folgsstartup." Charlotte wird plötzlich ganz
heiter und muss lachen. „Ich finde, wir sollten diese Astro-Netz-TV-Wahrsagerin einladen. Siehst du die Enten da über den See
gleiten? Wir machen mit ihr den Faktencheck: Geh mit Jesus über den See und
beweise, dass dein Angebot keine Ente
ist."

Sogleich schreibt sie eine Nachricht an die
Jesus-Talkerin:

Liebe Astro-Wahrsagerin, ich möchte Sie
gerne buchen und mit Jesus übers Wasser
gehen. Wir haben hier einen wunderschö-
nen Enten See anzubieten.

Zurück kommt die Nachricht: Ich gehe
nicht mit Jesus! Ich rede mit Jesus. Ich bin

eine Talkerin und keine Walkerin.

Daraufhin schreibt Charlotte:

Schade, denn beim Lustwandeln auf dem See kommen mit Jesus bestimmt die besten Gespräche zustande. Fragen Sie Jesus doch mal und wenn er so weit ist, dass er mit mir ein Seewalkingtalking machen will, melden Sie sich.

Zurück kommt die Nachricht: … … … … … …

Charlottes Faktencheck hat sich damit wohl erfolgreich geklärt, denn ein Astro-Netzt-TV-Jesus geht nicht übers Wasser, er wandelt nur quatschend im Astro-Netzt-TV-Studio und auf Facebook.

Gregor und Charlotte gelingt es doch noch, den Ausblick über den See zu genießen und ihre Füße darin zu kühlen, bis Gregor in seiner Hose ein Vibrieren spürt. „Charlotte, jetzt muss ich aber mal rangehen, es könnte wichtig sein", und schon lässt er den Kopf fallen. Charlotte legt sich erst einmal in den Sand und blickt in den blauen Himmel, hinter dem sich das ganze Universum verbirgt.

Gregor ist immer mal wieder auf Business Foren unterwegs, denn es beeindruckt ihn als Philosoph, woran Geschäftsleute heute so glauben. Dort wird ihm, wie ein Mantra, wie ein Gebet, immer wieder der gleiche Satz präsentiert: Es ist doch ganz leicht ein Erfolgsmensch zu sein. Dann folgt: Meditiere diesen Satz täglich, dann wirst Du genau das, was Du glaubst. Doch diesmal erhält Gregor noch ein besonderes Angebot dazu, aber nur für kurze Zeit: Werde ein Star! Buche unsere Sterne und Likes auf allen Portalen, denn wir sind der Like-Star-Service. Gregor lässt sich neben Charlotte in den Sand fallen, doch kann er den Blick von diesem Angebot einfach nicht lassen. So liest er Charlotte vor, was da zu haben ist. „Werde Star aller Stars, wir bieten dir die Marketing Strategie mit dem größten Wachstum. Wie viele Likes und Sterne willst du? Buche echte deutsche Follower, mit Geld zurück Garantie!"

Charlotte springt auf, blickt auf Gregor und sein Smartphone herab und sagt nur noch: „Ich bin ein Star, holt mich hier raus!"

Auch wenn dieser Dumpfbacken-TV-Spruch schon einige Jahre auf dem Buckel hat, wird dieser, im ganz normalen Irrsinn des Alltags im 21. Jahrhundert, ganz sicher nichts an Aktualität verlieren.

Weitere Bücher von Petra Keup

ISBN:9783750404243

ISBN:9783750430372

Im BoD Onlinehop und im Buchhandel zu bestellen
14,99 Euro. Als E-Book 5,99 Euro

Das Weltmusik Lesebuch

Aus Stille (er)schaffen mit Klang und Gesang

Zusammengestellt und kommentiert von
Petra Keup

ISBN:978-3-906240-67-1

Online und im Buchhandel vor Ort zu bestellen
24,- Euro.

ISBN:9781980786771

Ein satirischer Briefroman
Bei Amazon zu bestellen für 7,99 Euro.

Fritz Rainer Pabel Projekte

www.sokratesdialoge.de

Kalender2020

Bilder

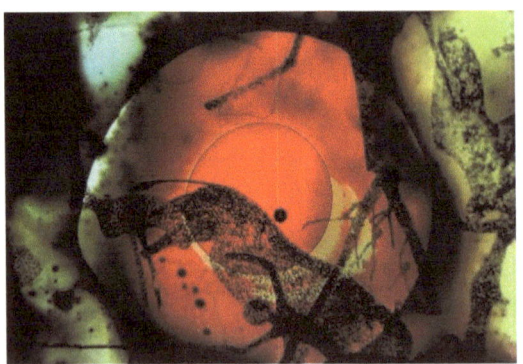

VideoClips: www.sokratesdialoge.de/downloads

VideoClips zur Unterstützung von Menschen in der Pflege: www.sokratesdialoge.de/clips-medien/